国語のココロ

ことばと旅と文学と

柴田哲谷［著］
Tetsuya Shibata

風媒社

はじめに

十代後半から二十代前半は、自分を取り巻く世界のいろいろな側面が見え始め、自身の姿について突き詰めて考えるようにもなる時期です。そして、不条理への怒りや無力感を伴いつつも、社会・人間・自身のあるべき姿に向けて自覚的な模索を始める時期です。さまざまの体験をし、人と向き合い、本を読んで考える中で、ゆっくりと「主体」としての個人が立ち上がっていくのです。若者は、歴史と文化に立つ一方でそれを批判し、新しい社会を作っていくわけです。

この社会は、不況と経済グローバル化が進行する中で功利・効率が目的化しているようです。個人のレベルでも就職、結婚、健康、美しさなどという目標を速やかに達成する方法を多くの人々が求めます。それに応える、そして更なる目標を提供するさまざまな企業やメディアがあります。平準化された社会観や人生観が外から与えられ、それらはまた、時として流動します。こうした風潮の中で個人は、充実した人生とはどんなものか、美しさとは何か、社会の何が問題かといった本質について考え抜こうとする姿勢を保ちにくくなっています。

　昨年、ゆくりなく東北地方を襲った大震災は、計り知れない被害をもたらす一方、そこに暮らす人々の人間としての力強さを顕在化させもしました。私たちは、長い時を経て醸成された人間のありよう、文化の重みというものを再認識しました。そしてまた、津波による破壊と原発事故の実相が明らかになるほどに、確かな知識と想像力、強い意志の必要を意識し始めてもいます。

　今日、学生たちは実習や実験、アルバイトなどで忙しく過ごし、現実社会を相対化することなしに自身の将来をそこへ投入しているように見えます。彼らには、就職試験や資格取得に向けての努力と併せて、自身でよく見、考え、判断して物事にあたる態度を養ってほしい。また、その土台となる教養を深めてほしいと思っています。

　多くの人々が原発稼働に対する意思を具体的な行動によって示す様子が報道されています。一人ひとりが社会を注視し、担っていくのだという意識が芽吹いているようです。

　本書は、文学・言葉・旅行などを話題としていますが、つまるところ、責任ある主体的な社会人として立とうとする若い人々への声援なのです。

著者

国語のココロ ◒ 目次

はじめに　3

i

ii

iii

iv

i

春の抒情

四月七日、新学期の始まり。心地よい風が若葉を揺らし、花びらを舞わせています。この時期には、やはり心が弾みます。自然の恩寵に加えて新しい環境への期待があるからです。皆さんの心には、幾分かの不安と緊張も混じっていると思います。遠く将来を展望し、広く社会を見据えつつ、眼前の目標に到達するために力を尽くしてください。

次の詩は、三好達治の「甃《いし》のうへ」。高校一年の時に、関良一著『私の現代国語教室』（大修館書店、一九六六年）という参考書で知りました。春の華やかな情趣と寂しく孤独な情調を湛えた抒情詩です。ア行・ワ行とラ行の響きが心地よく、画数の多い漢字と平仮名がうまく配置されて視覚的にも美しい作品です。

あはれ花びらながれ
をみなごに花びらながれ
をみなごしめやかに語らひあゆみ

うららかの跫音《あしおと》空にながれ
をりふしに瞳《ひとみ》をあげて
翳《かげ》りなきみ寺の春をすぎゆくなり
み寺の甍《いらか》みどりにうるほひ
廂《ひさし》々に
風鐸《ふうたく》のすがたしづかなれば
ひとりなる
わが身の影をあゆますする甃《いし》のうへ

『測量船』（昭和五年）

天竜寺

詩人の伊藤信吉氏は、この作品の抒情性を次のように評価しています。

……古典的であり抒情的であることにおいて、かえって現代詩における達治の位置は強固なのではないか。そしてそれゆえに独自であり、その抒情に新鮮な味わいをあたえたのではないか。絶えず前衛的であろうとする潮流にさからって、この詩人はむしろ自覚的にみずからの抒情をささえ、現代詩における伝統の意味を受けとめたのである。（『現代詩の鑑賞　下巻』新潮文庫、一九七八年）

歌人の上田三四二氏も高く評価しています。

温雅、清潤。三好達治の代表作であるばかりでなく、昭和詩の流れのなかに置いても、屈指の作であろう。

十一行より成り、抒情詩としては長いほうだが、内容が単純で、繰り返しが多く、音楽そのもののような詩である。声に出して――黙読でも一語一語を声に出すつもりで、三度くらいは読み返してみたい。読むほどに音楽をきくよろこびを味わわせてくれる詩である。（『短歌一生』講談社学術文庫、一九八七年）

この詩は、自己を対象化して眺めることで、孤独・寂寥といった気分を表出しえています。関良一氏は次のように述べています。

お寺の屋根が緑にうるおっているから、風鐸の姿が静かだから、だから自分は自分の影法師を石だたみの上に歩かせているのだ――という結び方には、私たちが普通に認めている原因と結果との論理的、因果律的な関連からの詩的飛躍が試みられています。理屈からいえば「なれば」の前の原因と後の結果とは、なだらかには結びつかない。それでいて、気分的には結びついています。また、そこには、自分というものを眺める自分（自我、自意識）と眺められる自分との二つに分けた、近代的な意識の表現も意図され、成功しています。（前掲書）

「あかねさす」

「あかね」は「茜」で、「あかねさす」は枕詞です。一般に、「あかね色に美しく映え輝く意から、『日』『昼』『光』『紫』『照る』『君』などにかかる」（東京書籍『最新全訳古語辞典』）と説明されています。高校の教科書に、「あぢさゐの藍《あゐ》のつゆけき花ありぬぬばたまの夜あかねさす昼」（佐藤佐太郎、『現代文』、数研出版、二〇〇七年）が載っていました。「ぬばたまの」（「うばたまの」「むばたまの」）も枕詞で、「ぬばたまの実が黒いことから、『黒』『夜』『闇』『髪』『夕』などに、また夜のものである『夢』『月』などにもかかる」（同辞典）とされます。

さて、二〇〇九年の正月ごろにNHKで万葉歌の人気投票のようなことをやっていましたが、その第一位は、「天皇、蒲生野《がまふの》に遊猟《みかり》したまふ時、額田王《ぬかたのおほきみ》の作る歌」と詞書のある、

あかねさす紫野《むらさきの》行き標野《しめの》行き野守《のもり》は見ずや君が袖振る

（巻一・二〇、『日本古典文学大系　萬葉集一』岩波書店、一九五七年）

でした。「遊猟」は、薬草や鹿の若い角（鹿茸《ろくじょう》）を採る「薬狩」のことです。陰暦五月五日に行われました。阪下圭八氏は、「旧暦夏五月といえば紫草の花季だったはずで、二〇番は、その白い小さな花の咲きにおう紫野をゆききしつつしきりと袖を振る皇太子（大海人皇子）を、野守が見ているではありませんか、とよんでいる」（『註釈万葉集』有斐閣選書、一九七八年）と説明しています。また、「あまり強く意識しない方がよい」と断りつつも、かつて大海人の妻であって今は天智天皇の後宮にある額田王にとって、「標野」（一般の出入りを禁じた野）は「そのまま彼女自身の暗喩」、「野守」は「天智を匂わせている」と

解釈し、「大海人をたしなめつつかえって誘いかけるような風情を示す」と述べています。
この歌に大海人皇子は、

紫草《むらさき》のにほへる妹を憎くあらば人妻ゆゑにわれ恋ひめやも

（巻一・二一、『日本古典文学大系　萬葉集一』）

と応えます。「紫草のように美しいあなたを憎く思うならば人妻なのに恋しく思うだろうか」の意。この応酬は極めて危ない感じがしますが、実は薬狩後の宴席で行われたとも推測されています（同書）。

村上春樹さんの言葉

二〇〇九年二月、村上春樹氏がイスラエルで最高の文学賞「エルサレム賞」を受賞しました。受賞には反対の声もあがりましたが、二月一五日に現地で行われた講演は多くの人々に感銘を与えました。一部を紹介します。

とても個人的なメッセージを一つだけ伝えさせてほしい。フィクションを書くときに私がいつも心にとめていることです。

「高く強固な壁と、それにぶつかって割れる卵があるなら、私は常に卵の側に立つ」

どれだけ壁が正しくても、どれだけ卵が間違っていようとも、私は卵の側に立つ。何が正しく、何が間違っているかは、他の人が決めること。恐らく時間や歴史が決めるのでしょう。しかし、どんな理由であれ小説家が壁の側に立った作品を書いたとしたら、そんな作品にいったい何の価値があるというのでしょうか。

（『AERA』二〇〇九年三月二日号）

批判には例えば、「イスラエルのガザ攻撃に反対ならば受賞を拒否すべきだ」「こういう場合に『自分は壁の側に立つ』と表明する人がいるだろうか」（文芸評論家・斎藤美奈子氏、『朝日新聞』二月二五日付夕刊）といったものがあります。

支持する側としては、名古屋大学の中西久枝氏が次のような意見を述べています。

イスラエル政府は、今もパレスチナに「分離壁」を建設している。(略)あえて壁の内から壁を超えて世界に語りかけることを選んだ村上さんは、私には、パレスチナとイスラエルという二つの世界をつなぐ鳥のように見える。(略)「卵」という人間の魂こそが「壁」をいつかはなくすことができるという、希望を与えられるのは文学の力だ。

(「中日新聞を読んで」二〇〇九年三月一日付)

アラブ社会の反応として、三月九日の新聞は、アラブ圏紙「アルハヤト」に載ったレバノンの作家・詩人アブド・ワジン氏の論評を報じています。

我々アラブ文化人は村上春樹がエルサレム賞を拒絶することを願った。(略)日本でも、ガザでイスラエルに殺された子供や女性の流した血に敬意を表して辞退するよう求める人がいた。その声に耳を傾けてくれると思った。いまや彼の作品は多くのアラブ人に読まれ、最も輝かしい日本の作家として人気がある。レバノンの出版社が村上の小説四作品をアラビア語訳して人気を呼び、アラブのウェブサイトにも翻訳が出回っている。(略)

仮に今回の小さな過ちを許さないとしても、我々は村上春樹を愛し、読み続けるだろう。（略）アラブがこの偉大な作家に「免罪符」に当たるような賞を与えることを望みたい。（『朝日新聞』、平田篤央記者）

同日夕刊に、『文藝春秋』四月号（一〇日発売）に村上氏のインタビューが掲載されるという予告記事が載り、そこに次のように書かれています。


村上さんは、国ではなくブックフェアの賞であることや、過去の受賞者のパレスチナ政策批判スピーチも内容が公開されていることから、授賞式で話すという「ポジティブなメッセージ」を選んだ。

（略）「スピーチの途中から最前列に座っている（イスラエルの＝筆者注）大統領の表情がこわばってきました」。終わると、多くの人が立って拍手したが、大統領はしばらく席を立たなかったという。

一方、エルサレム市長は「あなたの意見は小説家として実に誠実なものだ」と、積極的に握手を求めた。村上さんはイスラエルにもいろんな考えを持った人がいて、そういう人に会えたのが「大きな収穫」としている。

ウェブを中心に受賞辞退を求める動きもあったが、パレスチナで起きていることへ関心を集めた点で「有意義」な問題提起だったと見る。(『朝日新聞』二〇〇九年三月九日付夕刊)

これらは、パレスチナの現状を垣間見せてくれたし、言論について考えさせられるものでもありました。留まって動かないのも意思表示ですが、言葉は時に「場」にあって力を発揮するということです。

横浜「三溪園」と鎌倉

三月八日に横浜の三溪園を見ました。生糸貿易で財をなした実業家の邸宅でしたが、明治後期から公開しています。池や山のある広大な庭に、京都燈明寺の三重塔、鎌倉東慶寺の仏殿など、各地から移築した一七棟の建物が配置されています。多くは重文ですが、当時は西洋化の風潮にあって廃れていたようです。これらを集めて修復し、一般に開放するということには、資産家の趣味を超えた文化への見識と意志を感じます。

この日は曇りで、時々雨が落ちてきます。梅も終わっていたので、人出は多くありません。静かな時間が流れ、ゆっくりと歩きました。この後、金沢文庫・称名寺へ向かいました。

これは、職場の同僚と一泊で横浜へ出かけ、二日目に単独で行ったのです。一日目は皆で「港の見える丘公園」を歩き、近代文学館で「子規から虚子へ」という展示を見ました。漱石の書斎や作家たちの手跡もありました。それから大佛次郎記念館へ寄り、外人墓地から元町の繁華街へ出たのでした。

三月二八日に、青春18切符を使って鎌倉へ向かいました。普通電車を数回乗り換えて五時間ほどもかかります。北鎌倉で下車し、円覚寺、明月院、建長寺を経て鶴岡八幡宮へ

由比ヶ浜

出、若宮大路を下って海岸へ至る、定番のようなコースを辿りました。素朴で重厚な堂宇が西日にあたって渋い色を見せ、空は茜色を濃くして海面に黒みを与え、波打ち際に足を浸す男女を影に変えます。この日は約二万五〇〇〇歩。旨いビールを飲むことができました。泊まりは大船となりました。（円覚寺の石畳は、「甃のうへ」を思い出させます。ここの三門は、漱石の「門」に出てきます。）

躑躅の季節

この教室は、やや日当たりが悪いのとメタセコイアが視野に入らないのが欠点です。しかし、夏は涼しいかもしれないし、何よりも躑躅《つつじ》がよく見えます。楓《かえで》の若緑と競うような濃いピンクの一群は、生命の強さを感じさせます。

躑躅は奈良の昔からあるようで、万葉集の何首かに「つつじはな」として詠まれています。「にほふ」の枕詞でもあります。一方、古今集では「岩つゝじ」が一首に見られるのみです。こちらは、岩間にひっそり咲くといった風情らしいです。

思いづるときはの山の岩つゝじ言はねばこそあれ恋しき物を

（巻十一　恋歌一　詠み人知らず）

思い出す時は、「常磐山」の岩つつじのように目立つことがなくて、ことばに出して言わないからこそ人には分からないことではあるが、やはり恋しいのですよ。

（『新日本古典文学大系　萬葉集三』岩波書店、一九八九年、歌の表記も同書）

「岩つゝじ」までは「言は」を導く序詞で、告白できない恋のつらさを言った後半に、一首の趣があります。しかし、「岩つゝじ」は、思いをかける女性の清楚で可憐な美しさを彷彿させて、単なる序に留まってはいません。また、「ときは＝常磐」が、常に変わらない男（読み手）の気持ちを表すようでもあります。名歌というほどではないかもしれませんが、切実な思いは伝わってきます。

何を読むか

英文学者で言語学者の外山滋比古氏は、読むことには、既に知っている内容を読む場合と、全く知らない内容を対象とする場合の二種類があると言います。前者を「アルファ読み」、後者を「ベータ読み」とします。「アルファ読み」は「既知の読み」です。「前の晩、テレビでじっくり観たプロ野球の試合の記事を、翌日の新聞で読む」ような場合が該当し、内容を知っているので面白く、よく分かります。未知の内容を読む「ベータ読み」では、ことばの意味が分かれば理解できるはずだと思って辞書を引きながら読んでも、かえって混乱することがあります。内容が理解を超えているからです。この「ベータ読み」が大切だと、外山氏は言います。

……ベータ読みができれば、わからないことを読んでも、何とか理解することができます。知らないことを読んで、知見《ちけん》をひろめ、こころの世界を拡大していくことができるのです。ベータ読みができてこそ、本当に読める、ということができるのです。

ベータ読みをするには、思考力を使わなくてはなりません。想像力をはたらかせ、わからないことがあっても、自分の頭を使って解釈しながら読むのが、ベータ読みです。そうやって読み進めていくと、どうにか、自分なりにわかった、というところまでいくことができます。すると、やがて、ベータ読みができるようになります。そうして、人は、文字から未知を読み取ることができるようになるのです。これが、本当の読書というものです。

（『わが子に伝える「絶対語感」—頭の良い子に育てる日本語の話し方』飛鳥新社、二〇〇三年）

外山氏は、この後、江戸時代に行われていた「素読」を紹介します。素読は、漢籍の原文をとにかく繰り返し音読し、意味の分からないまま暗記する。そうしていると次第に意味が分かってくる、というものです。

さて、「分かりやすいということ」という題で、私は以前に次のような文章を書いたことがあります。

＊

一般に、「分かりやすい授業」や「分かりやすい説明」が求められています。たしかに、何を言っているのか分からないような授業は困ります。授業者が内容を深く理解し、伝える事柄を整理している場合は、そうでない場合よりも分かりやすいでしょう。言葉が明瞭で音量が十分である話し方は、そうでない話し方よりも分かりやすいでしょう。これらは、授業をする者が意識するべき事柄です。

一方、授業を受ける側についてはどうでしょう。上の条件を備えていれば「分かりやすい」と感じるでしょうか。案外、そうでない場合が多いのではないでしょうか。理解する力と理解しようという姿勢が必要だからです。これらが十分であれば、授業は円滑に効果的に進むでしょう。だが、なかなかそうは行かない。授業は通常、受講者にとって未知の事柄を扱うのだから、理解するには相応のエネルギーが要ります。つまり、授業は元来「分かりにくい」もの、努力して受けなければよく分からない性質のものです。そこで、予習をし、集中して聴く態度が求められるのです。

しかし、「分かりやすい」授業と言う時、多くの人がイメージするのは、準備をせずに何気なく聴いてもスッと頭に入ってくるようなものではないでしょうか。授業をする側は、既知の事項と関連づけたり、卑近なアナロジーを使ったりして理解しやすく進める努力をします。しかし、ボオッと聴いても記憶に残るような「分かりやすさ」は、原理的に無理なのです。

さまざまな分野で「分かりやすさ」が追求されています。単純明快であることは結構ですが、含蓄は少ない。政治でも経済でも人との付き合いでも、明解な分かりやすさの奥にある暗部、複雑さ、悲しみといったものに思いを致さないでは、本当には対象を理解できないと思います。

皆さんには、準備し、努力してやっと理解できる授業を良しとし、誇りを持って受講してくれることを期待します。読書も、読んですぐに分かる本ではなく、読み返し調べながら進んでいくようなものに、ちょっと「背伸び」をして取り組んでほしいと思っています。

（拙著『明日に向けて』より再録。二〇〇八年）

＊

読書の醍醐味は「ベータ読み」にあるのです。そして、読書の姿勢は授業にも通じるようです。

本当に必要なこと

坂口安吾は、戦時中に発表した「日本文化私観」（一九四二年）の中で、芸術についてこう述べています。

……美は、特に美を意識してなされたところからは生まれてこない。どうしても書かねばならぬこと、書く必要のあること、ただ、そのやむべからざる必要にのみ応じて、書きつくされなければならぬ。ただ、「必要」であり、一も二も百も、終始一貫ただ「必要」のみ。そうして、この「やむべからざる実質」がもとめたところの独自の形態が、美を生むのだ。実質からの要求をはずれ、美的とか詩的という立場に立って一本の柱を立てても、それは、もう、たあいもない細工物になってしまう。これが、散文の精神であり、小説の真骨頂である。そうして、同時に、あらゆる芸術の大道なのだ。

（『堕落論』角川文庫、二〇〇七年）

美のイメージに合うもの、美とされているものを求めるのでなく、本当に表現したいもの、表現するべきものを描くべきだという主張です。「必要」とは自分、そして社会にとって必要ということです。芸術のための芸術を排し、自分と（自分を含めた）人間社会にとって何が必要かということを第一義とする内容本位の芸術こそが芸術の名に値すると訴えたのです。

この態度は、人が生きていくということにも通じると思います。周りが価値とするものを求め、周りが忌避するものを嫌う。「負け組」と言われることを怖れ、「勝ち組」になろうとする。マスメディアで喧伝される「ライフスタイル」に沿って夢を語る。これらは人情として自然かもしれません。しかし、本当に自分の人生を生きようとしているとは言えないでしょう。生きるとはどういうことかを自身で突き詰める、その過程でこそ人生は深まるはずです。

何かを求めて進む、省察する、批判する、これらは主体的な思考に委ねられます。考えることなくして主体的な人生は成り立ちません。ヘーゲルの『歴史哲学講義』（岩波文庫版）に、次のような文言があるそうです。

すべての特殊な内容が動揺にさらされ、悪が善に、善が悪に転化する弁証法運動のなかで、最後に残るのは、内面性の純粋な活動、精神の抽象運動――つまり、思考にほかなりません。……思考の場合には、自己が自己と対面し、自己の内容や客観が自己にたいしてじかに目の前にある。わたしが思考するとき、対象を一般理念へと昇華しないではいないのですから。そこにはまさしく絶対の自由があり、純粋な自我は、純粋な光と同じように、端的に自分のもとにある。……

（長谷川宏『新しいヘーゲル』講談社現代新書、一九九七年）

安吾の主張は、また、社会の中の自分という視座を意識させます。皆さんはこれまでの主に学校生活の様々な場面で苦痛や不条理を感じることがあったと想像します。その多くは自我と社会性・共同体精神との相克であったでしょう。長谷川氏はヘーゲルを踏まえてこう言います。

個の内面には、さまざまな欲望、感情、嗜好、幻想、利害がわだかまっていて、その情動が個人の生きる力の一部ともなっている。が、それらの命ずるがままに生きていては共同体精神はうまれようがない。どんなに活力に満ちていても、それは私人としての生活にすぎない。そこから一歩踏みだして社会性を獲得するには、集団や社会の基本的動向を見さだめる目と、そのなかに自他の私的な生活を的確に位置づける反省力が必要とされる。(同書)

若い人たちが自分の目で見、自分の頭で考えて、人生を充実させ、秩序ある活力に満ちた社会を創っていったら素晴らしいと思います。(もちろん大人もそうですが。)

花の季節

三月最後の土曜日、千葉県佐倉市で国立歴史民俗博物館と川村記念美術館を見て、翌日東京を回りました。三菱財閥の岩崎邸、根津美術館、新宿御苑、浅草(隅田川)というコースです。東京は桜の開花が早く、江戸の植木職人が作った園芸品種というだけにソメイヨシノ（染井吉野）の名所が多いようです。今回は、新宿御苑で何本かの古木がほぼ満開に咲いているのを見ました。隅田川はだめでした。

明治三三年（一九〇〇）、瀧廉太郎（一八七九―一九〇三）が歌曲集「四季」を発表しました。その中の「花」は、日本最初の合唱曲とされています。

春のうららの隅田川、　のぼりくだりの船人が
櫂のしづくも花と散る、　ながめを何にたとふべき。

見ずやあけぼの露浴びて、　われにもの言ふ桜木を、
見ずや夕ぐれ手をのべて、　われさしまねく青柳を。

錦おりなす長堤に　くるればのぼるおぼろ月。
げに一刻も千金の　ながめを何にたとふべき。

（堀内敬三・井上武士編『日本唱歌集』岩波文庫、一九五八年）

三〇年以上も前、勤めていた高校の文化祭などに、教員グループがこの曲を歌うことがありました。化学の教師が伴奏しました。この方は授業はもとより、校務にも部活動にも熱心で、読書家でもありました。

「花」は明るく軽快で、盛り上がりがあります。名曲と呼ばれるのも肯けます。歌詞は文語体ですが、描かれた情景はのどかで具体的です。やや類型的ながら上品な章句が曲とよく合っています。作詞は武島羽衣（又次郎、一八七二―一九六七）という人で、詩人、国文学者、作詞家にして宮内省御歌所寄人。東京音楽学校（東京芸術大学）の教授を務めました。

詞中の「一刻も千金の」は北宋の詩人蘇東坡の「春宵」を踏まえています。

春宵一刻直千金
花有清香月有陰
歌管楼台声寂寂
鞦韆院落夜沈沈

春宵一刻　直《あたい》千金
花に清香あり　月に陰《かげ》あり
歌管《かかん》楼台《ろうだい》　声　寂寂《せきせき》
鞦韆《しゅうせん》院落《いんらく》　夜　沈沈《ちんちん》

（一海知義『漢詩一日一首〈春〉』平凡社ライブラリー、二〇〇七年）

「直」は「値」と同じ。「楼台」は高い建物、「鞦韆」はブランコ、「院落」は中庭のことです。一海知義氏は、「……訳したのでは、原詩のもつ余韻が消えてしまう。とくに第三句、第四句、これは余計な説明をくわえるより、……中国語の孤立語としての性格をたくみに生かした、原詩のままで読むのがよい」と述べています。

中国宋代の詩句が、明治を経て現代に生きている。古木の梢に咲く桜花の風情、といったところでしょうか。

学ぶ態度

次の文は、阿部謹也氏*が高校二年のときに聴いた上原専禄教授の講演によく理解できないながらも感銘を受けて一橋大学へ進んだという話について書かれたものです。阿部氏は後にこの大学の学長を務めました。

……かつて若年の頃に教えられた事柄が長い年月を経て、ふとある時に納得がいくといった経験について、ある程度の年齢を生きた人ならば誰しも幾つかは記憶の中にもっていることでしょう。これは、何事かを学ぶ・知るということは、今現在の自分がはっきりとは判らないことや知らないこと・理解把握する能力がないことについて、それにもかかわらず何らかの意味あるいは価値を感じ取り、それらを考え続けることを通じて獲得するということだからです。（傍線筆者）

（杉本守男「『日本社会を捉えなおす世間への視角』のために」
日本世間学会『世間の学二〇〇九 VOL．1』）

例えば単語や人名、公式などを記憶し、問われたら即答できるように習熟することは、基礎的な素養としては大切ですが、学びの端緒に過ぎません。

本当の学力は、一定の事柄を記憶していることの上に、疑問を持ち考え続けることのできる能力です。本当の学力に近づくためには、下線部のような態度が求められると思います。この場合、先達はもちろん、そうでない人の言動、さらには生滅する事物、移り変わる自然からも虚心に何かを受け止めようとする構えが前提となります。

＊阿部謹也（一九三五―二〇〇六）　歴史学者。『「世間」とは何か』（講談社現代新書、一九九五年）、『日本人の歴史意識―「世間」という視角から』（岩波新書、二〇〇四年）他。

日々の営み

朝、洗濯物を干していると、洗濯挟みのレバーの部分が折れることがあります。ポキッと折れるのではなく粉々になるのです。プラスチックがいつの間にか劣化していたのでしょう。何の予兆もありません。ハッと驚きます。物事の変化は思いがけず訪れます。病も死も。

兼好法師はこう言っています。

死は前よりしも来らず。かねてうしろに迫れり。人皆死あることを知りて、待つことしかも急ならざるに、覚えずして来る。沖のひかた遙かなれども、磯より潮の満つるが如し。

（今泉忠義訳注『徒然草』第一五五段、角川文庫、一九五二年、以下同。漢字は新字体に直した。）

人の生は、このように危うく儚《はかな》い。無常なものです。そこで兼好は、「必ずはたし遂げむと思はむことは、機嫌をいふべからず。とかくのもよひなく、足をふみとどむまじきなり」（同書）と助言します。「機嫌」は、「譏り疑《そし》うこと」（「機」は「譏」）の意の仏教語ですが、この場合は「時期」と解釈します。実は、この一五五段は、「世に従はん人は、まず機嫌を知るべし」と語り始められます。「世に従う」、つまり世間の中で生きるには、物事を進める時期・タイミングが大事だと言っている。一般にはそうなのです。しかし、「必ずはたし遂げむと思はむこと」については別だというわけです。

また、この段では、生老病死の移り変わりの早さを、自然の変化になぞらえています。

春暮れてのち夏になり、夏はてて秋の来るにはあらず。春はやがて夏の気をもよほし、夏より既に秋は通ひ、秋は則ち寒くなり、十月は小春の天気、草も青くなり、梅もつぼみぬ。木《こ》の葉の落つるも、まづ、落ちてめぐむにはあらず、下《しも》よりきざしつはるに堪へずして、落つるなり。むかふる気、下にまうけたる故に、待ちとるついで甚だはやし。

桜は、一つの芽から五つ以上の花が開き、それは一本の木で十万もの数になるといいます。花を構成するパーツは前の夏から用意されており、アブシシン酸というものが開花を押さえて冬眠状態にします。冬の寒さでそれが減少し、春に花が開くのだそうです（NHKテレビより）。

校庭のメタセコイアも、目覚ましい速度で葉を広げ、緑を濃くしています。身近な自然の移り変わりを楽しみつつ、非常を意識し、今を大切に生きたいものです。

旅に出る、人生に旅立つ

父が脳出血で亡くなりました。居間で倒れ、入院して一八日目。病院では少し意識があり、私たちの呼びかけに手を動かすなどして応えていました。八五歳でした。その二月一五日は、旧暦であれば西行が「花の下にて春死なん」と詠んだ釈迦入滅の日でした。

徒然草に、「人、死を憎まば、生を愛すべし。存命の喜び、日々に楽しまざらんや」(九三段）とあります。これからの人生を充実させなければ、と思いました。

＊

昨春、通りがかりの古本屋へ入ったら、種田山頭火の句集が目にとまりました。山頭火は、大正から昭和の初期に活動した自由律俳人です。見つけた本は、『山頭火句集（一）』といい、一九八九年に春陽堂から刊行された『山頭火文庫』の一冊でした。オリジナルの句集を編集したもので、モノクロ写真と挿絵が趣を添えています。この中の「草木塔」という句集から、卒業を迎えた皆さんの気分にふさわしいと思われるものを紹介します。

朝露しつとり行きたい方へ行く
さて、どちらへ行かう風が吹く
この道しかない春の雪ふる
いつとなくさくらが咲いて　逢うてはわかれる

山頭火は、裕福な造り酒屋に生まれました。破産・離婚などを経た末に、生活苦から自殺未遂を起こしたところを熊本市報恩禅寺の住職に助けられ、寺男となります。後に得度し、雲水姿となって、西日本を中心に句を作りながら旅を続けます。一九三二年（昭和七年）に郷里山口市の小郡で「其中庵」を、七年後、松山市に「一草庵」を結び、ここで亡くなりました。享年五七。山頭火は荻原井泉水＊の弟子で、自由律俳人として尾崎放哉＊と並称されています。次はよく知られた作品。

分け入っても分け入っても青い山
うしろすがたのしぐれてゆくか
鉄鉢《てっぱつ》の中へも霰

卒業は端緒に過ぎません。真の自由と自立に向けて、長い時間が始まるのです。自在に反応する肉体と遠く拡がる未来こそが、若者の武器です。自分を探すのではなく、自分にとっての価値を創り出す。それは、おそらく多くの人びとにとっても有用であるはずです。

＊荻原井泉水（一八八四―一九七六）　国学を研究する一方、河東碧梧桐の新傾向俳句運動に参加。

大正に入ってから自由律俳句運動を提唱した。

＊尾崎放哉（一八八五—一九二六）　代表句に「咳をしても一人」「いれものがない両手でうける」「こんなよい月を一人で見て寝る」など。

萌ゆる命

チュニジア、エジプトと続いて「政変」が起こりました。独裁的な政権に対して市民が動いたのです。治安当局や軍隊が鎮圧のために発砲し、多くの血が流されているともいいます。

アフガンやシリアでは内戦が止みません。一方的に戦火に晒される人々に思いを馳せる時、相応に年を重ねた者には、実際に体験したのではないにせよ、肉親の語りや数多の文学を介して己の内面に沈澱している先の大戦の記憶が浮かび上がります。戦争の傷ましさは、時と地域とを問わず、人間という存在の卑小を訴えて止みません。

いはばしる垂水《たるみ》の上のさわらびの萌《も》え出《い》づる春になりにけるかも

（万葉集　巻八　一四一八）

清冽な急流のほとりに蕨《わらび》の芽吹きを見、春を実感したという歌です。「ル」音「ノ」音の連続が軽快なリズムを生み出し、「けるかも」は深い詠嘆を表して、この歌の情景と感動を現前させます。私たちは、心浮き立つような春への思いを時空を超えて共有するのです。作者志貴皇子は天智天皇の子ですが、壬申の乱の頃は年少だったせいか政争に巻き込まれることがなく、かといって天武・持統朝で重い地位に就いてもいません。おそらく権力の周縁に居たようで、幾分かの疎外感を抱いていたと思われます。明日香宮から藤原京への遷都後に詠まれた次の一首には、それが現れています。

采女《うねめ》の袖吹きかへす明日香《あすか》風《かぜ》京《みやこ》を遠みいたづらに吹く

（万葉集　巻一　五一）

万葉人の自然に対する感性はもとより鋭いのですが、「石走る」の歌にはとくに命への愛おしさも感じられます。若緑の葉叢《はむら》、色とりどりの花、囀《さえず》り飛び交う鳥……。自然の変化に促されて身体と心が躍動せずにはいられない、そういう命萌ゆる春に、人間の再生を希いたい気持ちです。

＊歌の表記は、岩波書店『新日本古典文学大系』「萬葉集二」（一九九九年）「二」（二〇〇〇年）に拠った。

今日の北京

三月下旬、朝の天安門広場は冷え込んでいました。毛主席記念堂を守る警官が直立する傍らを、幾組かの観光客が通り抜けていきます。広場の左右には門と向き合う形で長大なスクリーンが設置され、門の真向かいに中国国旗、門の楼の中央には毛主席の写真が掲げられています。すでにかなりの数の観光客が、てんでに写真を撮ったり、集まって説明を聞いたりしています。

二〇〇〇年夏、初めて来た時に、ここで警察に連行された人がいたのを思い出しました。非合法グループ＊1の関係者だったのかもしれません。しかし、その旅行の全体像はどうもはっきりしないのです。気になったので、家へ帰ってから日記を繰って見ました。以下に引用します。

○八月二一日(月)晴れ、一一時に家を出て一四:三〇の飛行機に乗る。夕刻天津に到着、高速道で北京へ。豊かな畑と田の農村風景が続く。北京市街は雑然として、活気はあるが美しくない。食事をし、投宿。

○八月二二日(火)小雨。午前、天安門に上ってから、万暦帝*2の定陵へ。大理石を多量に持ち込んで、楼や地下宮を作ってある。午後は万里の長城。公開されている八達嶺というところを見る。漢代に作られ、明の朱元璋*3が煉瓦で補強した。三~五m幅の高い壁が山の起伏に沿ってどこまでも続く。あいにくの曇りで、見晴らしはよくない。夜、ライトアップした姿を見た。

○八月二三日(水)晴れ。故宮見学。太和殿は儀式などを行う正殿。京都御所の紫宸殿に当たる。中国最大の木造建築とのこと。ここから北へ殿舎を巡り、博物院を見る。清の工芸品や宮廷の調度など。神武門から出て、景山公園に登って黄瓦の連なる紫禁城の全容を望む。少し霞んでいた。壮大な宮廷、権力の極み。昼食は四川、夕食は上海、それぞれにおいしい。夜、雑技団を見る。超人的な技。

○八月二四日（木）晴れ。北京動物園のパンダ、ゆっくりした動きが案外面白い。柳が多い。西太后＊4が造らせた頤和園《いわ》は、巨大な池を緑が囲み、楼閣が聳える。長い回廊を歩き、船で池を巡る。愛新覚羅溥傑《あいしんかくらふけつ》＊5の別邸という店で山西料理。午後は天壇公園。皇帝が天を祭る広大な施設。中心の祈年殿を見る。木造三層、朱、青、緑が美しい。二八宿を表す柱など。夕食、北京ダック。夜、京劇。演目は歌舞伎一八番のような小話。動きがきりっとして美しい。王府井（繁華街）を少し散策。

○八月二五日（金）晴れ。五時起床。六時、朝靄の中を天津空港へ。三時前、帰宅。

中国へは、取り得る休暇の範囲で旅程が組めること、費用が安いこと、見るべき自然や文物が多いことから何度も行っています。十数年の間に、街の様子は大きく変わりました。以前はどこでも洪水のような自転車に圧倒されたのでしたが、今回の北京は自動車の数に驚きました。どこも渋滞です。高級な新車が目立ちます。ガイド氏によると、市内への乗り入れが、ナンバープレートによって下一桁の0と5が月曜、1と6が火曜に禁止という具合に八〇％に制限されているそうです。自家用車は高価なはずですが人気は高く、購入は抽選制で、この時は九〇分の一の当選確率になっているということです。公共交通機関は、地下鉄二元、バス四角（〇・四元）ないし一元という低料金で満杯の庶民を運んでいます。人口二〇〇〇万人に膨れたこの都市のエネルギーは、巨大です。地方はこれと異なるのかもしれませんが。

観て回ったのは、まず、以前と同じ頤和園、八達嶺、故宮、動物園、天壇。八達嶺は「北四楼」までの通称「女坂」を上るコースは変わっていませんが、「北八楼」と「南四楼」へ直行する二本のロープウェイがあることに気づきました。動物園では、パンダの園舎が広がった感じもします。

天壇では今回は長めに時間が取ってあり、音が円形の壁を一周するとされる回音壁、冬至の日にそこで皇帝が天を祭った圜丘壇《えんきゅうだん》を見ることができました。圜丘壇は石造り三層の巨大な壇で、中心に人が数人立てる広さの天心石というものがあります。ここで皇帝が天と交信したといいます。説明を聞きながら、司馬談の話が思い浮かびました。前漢の昔、歴史・天文を司る太史令であった司馬談は、武帝*6の行った「封禅《ほうぜん》」という天地を祭る儀式に参加できず、無念の思いで没しました。子の司馬遷は、史書を成すという父の遺志を継いで『史記』を著したのです。もっとも、古代の封禅は山東省の泰山で行われたそうですが。

また、一二年前の訪問時には存在しなかった観光スポットもありました。「鳥の巣」と呼ばれるオリンピックスタジアムの広場には大勢の凧売りがいて、夥しい数の凧が揚がっていました。興味深かったのは、首都博物館です。現代的な建物の一角に嵌め込まれた青銅器風の大円柱が目を引きます。青銅器、陶磁器・仏教美術などの名品はもちろんすばらしいのですが、京劇*7の劇場や四合院*8の作り、婚礼の様子や市井の日常を紹介するさまざまな展示が心に残りました。王朝が遺した宝物から庶民の暮らしの一コマに至るまで、北京の全体を見てもらおうという意図なのでしょう。新名所ではありませんが、文房四宝の店が建ち並ぶ瑠璃廠《るりしょう》という古い通りは味がありました。石畳に水で字を書いている人たちがいましたが、見事な筆跡でした。

「胡同《フートン》」と呼ばれる古い街並みも興味深いものでした。「細い路地」という意味で、始まりは元・明にさかのぼるといいます。今は保存地区です。家は四合院ですが、立派なお屋敷と貧弱な構えが混在しています。ここも人気スポットで、何十台もの自転車タクシーが客を乗せて走っています。

三月の訪問で感じたのは、権力者が築いた大厦高楼ばかりでなく、庶民が遺した生活の跡も見るべき文化であるという認識がこの国に広く根付いているのではないかということです。

今日の新聞コラム[*9]は、開業したばかりのスカイツリーがテーマでした。幸田露伴の『五重塔』を引きつつ、高い強度を持つことを紹介する一方で、この塔が威圧感を持たせないように設計されていることを、国威や権勢の象徴から脱した「雅」と「粋」の姿であると讃えています。わが文化の成熟度も高いようです。

＊1　前年、法輪功という気功法のグループが禁止され、構成員は検挙されていた。

＊2　万暦帝　明の第一四代皇帝。この時代は、銀の流入で繁栄し、陶磁器などの文化が発展する一方で政治は頽廃した。

＊3　朱元璋　明の初代皇帝、洪武帝。貧農の子に生まれたが、紅巾の乱に投じ、頭角を現した。

＊4　西太后　清の咸豊帝妃。子の同治帝、甥の光緒帝を後見する形で清末に権力を握り続けた。

＊5　愛新覚羅溥傑　清朝最後の皇帝、宣統帝（愛新覚羅溥儀）の弟。日本に留学し、満州国陸軍に入隊。ソ連に抑留されるが、後に全国人民代表大会常務委員。日中友好に尽くした。

＊6　武帝　前漢の第七代皇帝。匈奴を破るなどして版図を拡大したが、後に悪政に陥った。

＊7　京劇　清朝から続く古典演劇。「三国志演義」、「西遊記」、「水滸伝」などの演目がある。

＊8　四合院　元代に始まる北京の伝統的な住宅。現存する多くは清代に建てられた。「四」は東西南北を表し、「合」は「囲む」の意。「正房（北房）」、「東廂房」、「西廂房」、「倒座（南屋）」の四つ

の部屋が院子（中庭）を取り囲む。

＊9　『朝日新聞』「天声人語」二〇一二年五月二三日付。この前日に東京スカイツリーが開業。

「見事、率直、決断」

「今回の不手際については率直に謝ります」、「辞任することを決断しました」という言葉をよく聞きます。「努力の結果、困難な状況を見事乗り越えました」と言う人もいます。これらに、なんとなく違和を感じる人は多いと思います。

これらは適切な表現とは言えません。「率直」「決断」「見事」は、基本的には自身に用いる言葉ではないからです。他者が見て、「あの謝罪は率直である」「確かにあの辞任は潔い。まさに決断だ」「あの努力は見事だった」、という評価として冠する形容です。（「決断」の例は許容できそうですが。）当の人物は、その態度・行動において「率直」「決断」「見事」であろうとするべきで、自らをそのような言葉で形容するのは恥ずかしいことでしょう。臆面もなく、といった感じがします。

「森の水車」

昔、母は、私と弟にカルメラ焼きやドーナツなどを作ってくれました。四歳か五歳だったと思います。母は食べ物を作ったり部屋を掃いたりするとき、よく唱歌や歌曲を口ずさんでいました。私は音楽になじみました。

その頃、「森の水車」という歌がラジオから流れていました。明るく弾む声で、「コトコトコットン」、「ファミレドシドレミファ」と歌っています。この歌はすぐに、春の、水が温んで心浮き立つ感覚と結びつきました。

「森の水車」は、昭和一七年（一九四二）に高峰秀子の歌で発売されました。作詞は清水みのる、作曲は米山正夫で、アイレンベルク作曲の管弦楽曲を下敷きにしています。昭和一七年は戦争のさなかで、日本軍は東南アジアを制圧する一方、六月のミッドウェー海戦で大損害を被りました。国内では日本文学報国会が結成され、大東亜省の設置が決まるなど、国を挙げて戦時体制が強化されていきます。「森の水車」は、特に「ファミレドシドレミファ」が敵性言語の使用とされ、発売禁止となってしまいます。

緑の森の　彼方から
陽気な唄が　聞こえましょ
あれは水車の　廻る音
耳を澄まして　お聞きなさい。
　コトコト　コットン　コトコト　コットン
　ファミレドシドレミファ
　コトコト　コットン　コトコト　コットン
仕事に励みましょ
コトコト　コットン　コトコト　コットン
何時《いつ》の日か
　楽しい春が　やってくる
雨の降る日も　風の夜も
森の水車は　休みなく

粉挽臼の　拍子取り
愉快に唄を　つづけます
（以下繰り返し部分省略）
もしもあなたが　怠けたり
遊んでいたく　なったとき
森の水車の　うた声を
独りしずかに　おききなさい
（以下繰り返し部分省略）

二番、三番は知りませんでした。少しお説教風で、戦時が意識されているようにも思います。しかし、これでも禁止です。私には、「敵性言語」云々よりも「楽しい春」を待ち望むような気分が疎まれたのではないかと思われます。「コトコトコットン」の調子良さ、「ファミレド……」の現代性、そして、「何時の日か、楽しい春がやってくる」という励ましは、時代の息苦しさに辟易していた人々の心を明るくしたに違いありません。

戦後、「森の水車」は復活します。昭和二六年には、「リンゴの唄」の並木路子によるレコードが発売されました。現在、インターネットで高峰秀子のオリジナル版と並木版が聴取できます。私の記憶にあるのは、明るく弾んだ並木の方です。しかし、この歌は戦後すぐに「NHKラジオ歌謡」によって広まったようで、私が実際に聞いたのは、NHK専属の荒井恵子の歌声だったのかもしれません。これは、今は聞けませんが。「森の水車」は、「リンゴの唄」や「山小屋の灯」（いずれも米山作曲）などと共に人々を励まし、町や村の復興を支えたのです。

＊歌詞は、『日本童謡唱歌大系　Ⅰ（明治～昭和前期）』（一九九七　東京書籍）に拠った。リヒャルト・アイレンベルク（ドイツ一八四八～一九二七）作曲の原題は「黒い森の水車」。

大震災から一年

東日本大震災から一年が経つことを機に、新聞で特集が組まれたり、書店で特設売り場が設けられたりしています。記事や書籍の多くは、被災の原因やこれまでの対応を冷静に検証する、被災者の心と行動を真摯に受け止める、復興への問題点を整理して展望を拓くといった意図に立つものと思われます。

三月五日の『中日新聞』に、石巻市の医療活動が紹介されていました。宮城県災害医療コーディネーターである赤十字病院の医師*が全国から集まる一万五千人の医療者を差配し、その結果、市内三百カ所の避難所では効率的な医療活動が行われてきたとのことでした。

震災直後、私は仙台に暮らす古い教え子*からメールをもらい、暗澹とした思いにとらわれました。医師である彼は、早速、被災者への対応を始めています。

２０１１／03／13（日）20：22
無事、生きております。中心部はライフラインが回復しつつありますが、海沿いは地獄絵図です。海岸は遺体でうまっています。まずはご連絡まで。

２０１１／04／06（水）20：55

震災から四週間、仙台市内は復興しつつありますが、避難所で暮らしている方もまだ大勢います。都市ガスの復旧が遅れているため、入浴できずにいる世帯も多いです。私は大崎市の病院に勤務していますが、被害の大きかった石巻市に近いため、損壊した病院から多くの患者さんを受け入れています。慣れない避難所生活で、余震に晒され、精神的に不安定になっている人も増えています。そういう人達の話を聞き、処方をする、それくらいしか自分にできることはないですが、皆で頑張っています。

このような凄まじい状況からの出発であったことを思うと、『中日』の記事は、この社会が知的で力強く、信頼に足るものであると感じさせてくれます。自分なりにもっと社会に参画していこうという思いを起こさせもします。

しかし、この一年、被災者や被災地域への対応の不備が絶えず聞こえてきました。翌三月六日には、「復興への道筋がついていない」と九割以上が答えたとする福島県民への電話調査の結果が載っていました*。瓦礫の処理、放射能への対処、漁港の復旧など、進んではいるのでしょうが、それぞれに多くの障碍があるようです。

この大災害によって、不都合な事実から目を背けたり、面倒な問題を先送りしたりすることの非がさまざまなレベルにおいて認識されました。大きな代償と引き換えに、暮らしにとって何が本当に大切なのか、成長とか発展とかいうものの本質は何なのかと問う視座をこの国全体が共有したはずです。財貨の高を誇り、競って一つの価値観に靡くようなあり方でなく、日々の生活に立って自分の目でよく見、丁寧に考えていく態度が求められているのです。

＊1　石井正医師、石巻赤十字病院、著書に『東日本大震災　石巻災害医療の全記録』（講談社）

＊2　中村敬三医師、大崎市古川緑ヶ丘病院

＊3　三月六日付朝日新聞一面。三月三日・四日に実施した福島放送との共同世論調査（有効回答九二一）。「福島の復興への道筋がどの程度ついたと思うか」との問いに、「あまりついていない」が五四％、「まったくついていない」が三八％。「県全体で、もとのような暮らしができるのはいつごろか」に対しては、一〇年以内が一三％、「一〇年より先」が七八％。

大震災から一年（続）

「大震災から一年」を書いた後、石巻市のN医師からメールが届きました（三月二七日付）。

卒業、入学準備のシーズンで忙しくお過ごしのことと存じますが、お変わりないでしょうか。私の方は変わらず、患者さんに向き合う毎日です。

先週、大学の同期であり、同じ柔道部であった内山哲之（石巻市立病院外科）が亡くなりました。彼は数々のメディアにも取り上げられていましたが、手術中に被災し、懐中電灯の灯りで手術を終了させ、その後、水の中を胸まで浸かりながら五～六キロ離れた石巻赤十字病院まで歩いて救助を求めたヒーローです。石巻市立病院は全壊したため、その後は石巻赤十字病院に移り、石井医師とともに、地域医療復旧のため獅子奮迅の働きをしていたそうです。最近は、「現地の声を伝えたい」と全国に講演にも行っていたようです。

三月二二日朝、出勤して来ないので病院関係者が迎えに行ったところ、布団の中で冷たくなっていたとのことです。お通夜に行きましたが、まだ信じられません。四五年間で八〇年分、人生を駆け抜けたのでしょうか。

しばらくは落ち着かない日々になりそうですが、目の前のことに打ち込んでいこうと思っています。まとまらない、物憂げなメールで申し訳ありません。


市井の一医師のひたむきな姿に心打たれます。そして、そのゆくりない死を深く悲しみます。

彼は、眼前の災厄に日常の業務をもって向き合い、その過剰さに圧倒されつつも専門職にある者の責任としてそれを引き受け続けた。そしてまた、未曾有の状況に直面する者の使命感に動かされて、外部にそれを発信した。そうした苦闘の果てに力尽きてしまった。文面からはこのようなありさまを読み取ることができます。それは、消防や清掃、各種の工事に携わる人々にも通じるものと思われます。気の遠くなるような巨大な対象に向けては、広範な人々が粘り強く作業を続け、少しずつ成果を勝ち得ていくしか手はないのだと気づかされます。

五月三〇日の朝刊*に、東日本大震災の津波でさらわれた漂流物がアラスカ湾に押し寄せているという記事が載っていました。クジラやイルカ、サケ、クマ、シカ、海鳥が棲む自然の宝庫、モンタギュー島に集中しているようです。

漂着物は、スポーツ飲料の缶、焼酎の瓶、灯油用のタンク、建築物の一部など多種多様なものです。米海洋大気局（NOAA）は、約一五〇万トンが米西海岸を直撃すると推測しています。主に現地のNPO「アラスカ湾の番人」が撤去にあたっていますが、漂着は何年にもわたる見通しなので、困難な作業がずっと続くことになります。

連邦政府は膨大な処理費用を支出する余裕がないということです。地元のブログには「日本人に片付けさせろ」という意見もあり、これに対し、NPO代表者のパリスター氏は「米国も、津波や地震の際には、日本に助けてもらうかもしれないじゃないか」と述べているといいます。

記者が、日本では「がれき受け入れ拒否問題」が起きていると言うと、現地NPOの人たちは、「じゃあどこに処分するというの？　そんな風に嫌がる人はアラスカにはいないよ」と言ったそうです。

今のこの国にとっては、大震災への対応を含め多くの政治的社会的課題に対して、それぞれの深刻さや複雑さやゆえに、方針の策定から現場での活動に至るまで、あらゆるレベルにおいて面倒で根気の要る取り組みが欠かせないと思われます。内山医師、そして現に苦闘している人々の姿はその証左です。遅々として進まないようにも見える状況に倦《う》み、一瞬にして黒を白に変えるような劇的な変革を待望する向きもあるようです。その心情はわかる気もしますが、現実的でないと思います。

＊『朝日新聞』(名古屋版) 二〇一二年五月三〇日付一面、一二面。引用は同記事に拠った。

ii

日常の意味

朝、弁当ができる間、洗濯物を干すことがあります。集合住宅のベランダには少しばかり鉢が置いてあり、ハイビスカスやバラが淡い暖色を見せている中に、クジャクサボテンというものが南国風の濃いピンクで咲き始めました。陽光はすでに強く、眼下では雀やヒヨドリが屋根から枝へと飛び交います。見慣れた風景を見、習いとなった作業をしながら、知らず知らずのうちにその時々の問題への思考が始まります。漠然としたものが浮かんでは消え、時として形となるといった風に。

平凡な日常が、新しい展開や飛躍を支えていると思っています。教室がきれいで、各々が自分の役割をきちんと果たしている。授業を理解し、必要な知識を蓄積するための努力を怠らない。こうした日々の或る時に、ふっとこの先の人生に向けてのヒントを得ること

クジャクサボテン

があると思います。目標への到達も、こうした日々の先にこそ成ると思ってもいます。退屈にも思える日常は、幸福というものの主要な部分なのかもしれません。

憲法記念日に

連休は、ほとんど家で過ごしました。今年(二〇〇九年)の憲法記念日は、二五条「健康で文化的な最低限度の生活を営む権利」、いわゆる「生存権」に関わる報道が目立ちました。三日の『朝日新聞』社説は、この条文が森戸辰男衆議院議員らの要求で加えられたものであると伝え、その意義を次のように述べます。

だれもが人間らしく生きる権利を持つ。政府にはそれを具体化する努力義務がある。当時の欧米の憲法にもあまりない先進的な人権規定だった。

憲法の描く社会の見取り図は明確だ。自由な経済活動によって豊かな社会を実現し、貧困を追放する。同時に国民は平等であり、教育や労働といった権利が保障される。

戦後、日本は努力して経済成長を成し遂げ、「一億総中流」と呼ばれる社会を築きました。しかし、このところ、それが危うくなってきたという認識が広がっています。

……人々の明日の暮らしが脅かされ、教育や医療の機会を奪われる子供も出てきた。（中略）中流社会が今、崩れかけている。その先に何が待ち受けているのか。漠然とした不安が広がっている。（同社説）

若者の一部には、閉塞状況を打開する手段として「戦争」を持ち出す空気さえあるようです。実際に戦争を起こしたいわけではなく、全てを「ご破算」にして、誰もが一から出直さざるを得ない状況を作り出したいということらしいのですが。（同社説、四月三〇日『朝日ジャーナル』）

同夜のNHK教育テレビ「ETV特集・生存権を考える」は、生存権の歴史を紹介しつつ、経済評論家の内橋克人氏と「派遣村村長」の湯浅誠氏が対談するという構成でした。番組は、高度経済成長によって生活が豊かになった陰で、政府が生存権を（罰則などによって）保障してこなかった歴史（朝日訴訟*など）を検証します。内橋氏はこれを、企業に全身全霊で奉仕する代わりに福祉を与えてもらう社会であったと指摘し、今後あるべき姿として、食糧（Food）、エネルギー（Energy）、ケア（Care）の観点（頭文字を採ってＦＥＣ）から「共生」する社会を提案しました。また、「派遣切り」で家を失った労働者の支援活動を行っている湯浅氏は、今の日本は「人間をつぶしていく社会」であると指摘し、セーフティーネットの拠点を民間の力で各地に作って、企業や政府の支援策を補完すると同時にそれらに対峙させていく必要があると訴えました。

これからの社会を作っていく皆さんとしては、こうした議論に耳を傾け、本を読み、社会の動きを注視し続ける必要があると思います。現状を越えていくには、冷静に思考し、ねばり強く活動するほかはありません。

＊朝日訴訟　一九五七年、朝日茂氏が生存権に基づき生活保護給付金の増額を求めて提訴した。一審は原告勝訴、二審では敗訴。最高裁は、憲法二五条は「直接個々の国民に具体的権利を賦与したものではない」との意見を述べた。

学ぶ経験

二〇〇二年に、放送大学大学院の受講を始めました。年度の後期から、「修士科目生」として二科目ほど受講したのです。入学試験はありません。毎週テレビで講義を聴き、中間テストとしてレポートを提出し、単位取得試験は愛知学習センター（中京大学校舎）で受験します。翌年から、「修士全科生」になりました。これは正式な大学院生ですから入学試験があります。志望理由書・大学の卒業論文・研究計画書を提出した後、論文と英語（一次）、面接（二次）の試験を経て入学しました。

受講した科目は、表象文化論、地域文化研究、芸術文化政策、言語研究、国際関係論、国際社会研究、学校臨床社会学、学校システム論、教授・学習課程論、総合人間学といったものです。講義は、放送大学の専任教授の他、さまざまな大学の先生によって、各々書き下ろしのテキストを使って行われました。半期毎に四～六単位を取るというペースです。興味のある科目を選んだので当然ではありますが、どの講義も私を新しい知識と思考へ誘う刺激に満ちたものでした。

試験は基本的に五〇分で、問いに答える形と小論文形式とがありました。教科書や参考書を見てもいい科目もありましたが、ほとんどの科目が一五〇〇字程度を要求するので何かを見ている暇はありません。必死で書くのです。試験に臨む緊張とやり終えた後の解放感は、皆さんの場合と変わらないと思います。学生ならではの醍醐味かもしれません。

何をやりたかったかというと、組織の中で葛藤する個の姿を観察し、個の自立を模索するということです。それは、混迷する現代社会への処方を意識したものでもありました。もちろんこれにゼロから取り組むわけではなく、文学者であり陸軍官僚であった森鷗外に即して考えようとしたのです。

クラスは一二、三名で、経験も年齢もさまざまです。会社を引退し仏教の研究を始めた人もいました。指導教官のK先生は厳しいが親切で、深みのある方です。半期に一度発表会があり、指導を受けます。著名な哲学者の論を使って考えを進めようとしましたが、手に負えません。そこで、ホワイト*というアメリカの社会学者の研究に拠って鷗外を眺めることにしました。論文は、「組織に向き合う個―森鷗外『舞姫』の分析を通して―」という題でまとめました。口頭試問では厳しく追求されましたが、なんとか合格できました。

五〇歳を幾つか過ぎた上に、仕事も忙しかったので、気力が続くかと心配しましたが、友人もでき、よい経験になりました。私が今からできることは多くないでしょう。計り知れない可能性を持つ皆さんを、羨ましく思います。

＊ウィリアム・フート・ホワイト（一九一四―二〇〇〇）『組織のなかの人間―オーガニゼーションマン』（上・下）（東京創元社　現代社会科学叢書、一九五九年）、『ストリート・コーナー・ソサエティ』（有斐閣、二〇〇〇年）他。

自分の生活・他者の人生

いろいろと助言を受けて目標を定め、勉強を始めてみると、分からないこと・やるべきことが山のようにあると気づきます。今から頑張って目標に届くだろうか、届くとしてもその目標は本当に適切なのか、先のことを考えると不安にもなるし、焦りもするでしょう。

大洋に舵を失ひしふな人が、遙かなる山を望む如きは、相沢が余に示したる前途の方《ほう》鍼《しん》なり。されどこの山は猶ほ重霧の間に在りて、いつ往きつかんも、否、果して往きつきぬとも、我中心に満足を与へんも定かならず。

（森鷗外「舞姫」、『筑摩現代文学大系　森鷗外集』、一九七六年）

自分の大変な状況を親はわかっているのか、家の事情に配慮はしたいが、大企業の正社員や公務員などと言われても容易ではないのだ。先生は、なぜもっと時間を割いて、合格や内定が得られるまで勉強や小論文の書き方を教えてくれないのか。切羽詰まってくると、一般に自分中心にものを考えがちです。

親には親の人生があります。その大きな部分を子供が占めるにしても、全てではありません。教員にも人生があります。個々の学生のために生活時間の全てを注ぐとすれば、自身の研究や授業の準備はどうするのか、読書は、映画は、旅行は、友人との交歓は、地域の活動は……。

会社員が、生産や販売に全時間を費やすとしたら、上司は喜ぶかもしれません。しかし、その社員が健康で楽しい人生を全うするとは思われません。

生活を措いてもっぱら仕事に時間を使うことが必要な時期もあるでしょう。しかし、それが常態となっては個人の生活も個人同士が関わり合う社会も成り立ちません。また、仕事から離れている時間があるということは、仕事を相対化する可能性が保障されるということです。これは仕事への省察と工夫につながり、仕事の質を高めるでしょう。私は、読書の中で授業のヒントを得たり、友人との会話によって学校教育を振り返ったりすることがあります。目前の目的達成のために奮闘し、しかもその忙しさの中で生活を保とうとする姿勢が大切なのです。

「将来」は、社会の中にしか存在しません。社会を観察し、周囲を理解しようとすることは、将来を考えることの大きな要素です。本を読み、人と語って、視野を広げ思考を深めたいものです。

小さな旅

五月某日、天竜浜名湖鉄道（＝天浜線）に乗りました。大変暑い日でした。テレビで駅舎が蕎麦屋や食堂になっていると紹介され、気になっていたのです。第三セクターが運営し、掛川・新所原間を浜名湖の北側を回って結んでいます。元来は、旧国鉄が東海道線のバイパスとして造った路線です。東海道線で掛川まで行き、一日乗車券を買って新所原まで戻ることにしました。一時間に一本（掛川・天竜二俣間は二本）、車両は一両のみで、田園地帯をゆっくり走ります。車窓からの景観は平凡ですが、天竜川の鉄橋では山間の風情が見られ、浜名湖に沿うあたりは広々として涼やかな感じがしました。

遠州一宮駅で降り、一・五㎞ほど歩いて極楽寺へ。ここは、「あじさい寺」とも呼ばれていますが、時期が早いので何も咲いておらず、特に見所はありません。遠州一宮の小国神社がよさそうですが、歩くには遠すぎます。昼近くになったので駅でざる蕎麦を食べました。太くて固い麺でした。

次に宮口駅。北の丘陵地にある温泉が目当てです。バスのない時間帯だったので、坂道を三〇分ほど歩きました。ウグイスが鳴いています。そこは新しい立派な施設でした。湯は、ヌルヌルした炭酸泉です。露天風呂へゆっくり入り、食堂でビールを飲みました。汗がスウッと引く気がします。施設の名称である「あらたま」は「麁玉」と書き、元は宮口一帯の村名だったようです。この文字を物部麁鹿火《あらかい》＊以外にはじめて見ました。バスで駅へ戻ると、「下り」の出発まではずいぶん時間があります。「上り」を待つおばさんに聞いて、酒造所を訪ねることに。少し西へ行くと寺が目に入りました。庚申寺という臨済宗の古刹です。拝観してから付近を巡り、目当ての醸造所を見つけました。一四〇年の伝統があり、「山田錦」を原料にしているそうです。女性社員に説明を受け、数種類の製品を試飲させてもらいました。どれも重厚だが飲口がよい。酒蔵に入れてもらい、「フネ」から滴ったばかりの酒も味わいました。さすがに旨い。

沿線には、「天竜舟下り」の発着場（天竜二俣下車）、九〇歳過ぎまで創作を続けた秋野不矩《ふく》さん*の美術館（同駅下車）、臨済宗の名刹龍潭寺《りょうたんじ》（金指下車）などがありますが、この日はこれで終わり。終点の新所原駅では鰻店に心引かれましたが、東海道線へ。

車中、中上健次の『岬・化粧他』（小学館文庫、二〇〇〇年）を読みました。紀伊半島は熊野の風土を背景に、どろどろした血縁・地縁の人間模様を叩きつけるような語り口で描いた六つの作品群です。

*物部麁鹿火　ヤマト政権時代に筑紫国造磐井の乱を鎮圧した大連。
*秋野不矩（一九〇八―二〇〇一）　日本画家。インドに題材を求め、新境地を開いた。一九九九年、文化勲章受章。

ゴーギャンの絵

名古屋ボストン美術館でゴーギャン展を見ました。呼び物は、日本初公開の「我々はどこから来たのか　我々は何者か　我々はどこへ行くのか」。一八九七年、タヒチ滞在中に描かれた一三九×三七四・五㎝の大作です。

……私はこの作品が、これまで描いたすべてのものよりすぐれているばかりか、今後、これよりすぐれているものも、これと同様のものも、決して描くことはできまいと信じている。（ポール・ゴーガン『タヒチからの手紙』岡谷公二訳、昭森社、一九六九年）

作者もこのように最高傑作と認めています。同美術館のホームページは、これに続く部分を引いています。一八九八年二月にダニエル・ド・モンフレェという友人に宛てた手紙の一節です。

私は、死を前にしての全精力を傾け、ひどい悪条件に苦しみながら、情熱をしぼってこれを描いた。そのうえ訂正の必要がないくらいヴィジョンがはっきりしていたので、早描きのあとは消え、絵に生命が漲ったのだ。これには、モデルだの、技術だの、規則だのと言ったものの匂いはない。このようなものから、私は、いつも自分を解き放ってきた。ただし、時には不安を覚えながらね。(同書)

確かに、西洋絵画の技法から離れ、単純な色彩で平板素朴に描かれているようです。この絵には人間生活のさまざまな場面が見られます。右側に赤ん坊、中央に果実を取る若者、左側に老婆が描かれていることから、生から死への過程を表したとも言われています。明確なメッセージはわかりませんが、タヒチの生活の中で生死の本質に思い至り、表現意欲をかき立て

「我々はどこから来たのか　我々は何者か　我々はどこへ行くのか」(部分)

られたのかもしれません。ゆったりと大きい画面は、解釈を超えて見る者を引きつけます。その魅力は、人間存在について考えさせられる、ということに収斂するように思います。だから、「美術という枠組みを超え、混迷を深める現代の社会にあってますますその存在感を高めている」（同ホームページ）のでしょう。

カキツバタを見る

毎年ではないが、五月初旬に知立市八橋へカキツバタを見に行きます。今年は遅く、一五日に出かけました。天気のよい朝です。安城市の自宅から北へ。国道一号を渡って猿渡川を越えると田が広がり、ヒバリがしきりに鳴いています。水路を掃除している人たちがいます。田の中をしばらく進んで明治用水にぶつかり、そのパイプライン上

カキツバタ

に造られた遊歩道を西へ。少し行って北に折れ、古い家並みの鎌倉街道をまた西へ。やや広い通りに出たら右折して北へ進むと、無量寿寺。臨済宗妙心寺派の、創建は奈良時代とも言われる古刹。ここが目的地です。徒歩五〇分ほどでした。

『伊勢物語』に「水ゆく河の蜘蛛手なれば、橋を八つわたせるによりてなむ八橋といひける」（大津有一校注、岩波文庫、一九六四年）とあり、この地で、東国へ下る旅中の在原業平*とおぼしき主人公が、「かきつばたといふ五文字《いつもじ》を句の上《かみ》にすゑて旅の心をよめ」と言われて、「から衣きつゝなれにしつましあればはる〲きぬる旅をしぞ思ふ」と詠みました。この縁で、無量寿寺にカキツバタの庭園が造られたようです。

花はまだ満開を保っていて、いくつもの池に紫の花房が揺れていました。隣接する日吉神社は祭礼で、法被《はっぴ》を着た子供が屋台を覗いています。社殿には巫女姿の少女がいます。少し暑くなったので、帰りは三河八橋駅から電車を使いました。

五月二六日ごろ、朝、車でＮＨＫラジオを聞いていたら、浜松楽器博物館の館長さんが「一弦琴」というものを紹介していました。板に弦を一本張っただけの琴で、哀愁を帯びた音色が出ます。在原行平*が須磨に流された時、冠の紐を使って作ったと伝わっているそうです。この兄弟は不遇な時期もあったようですが、風雅、つまり文化において名を残しました。

＊在原業平　平安初期の貴族。阿保親王の五男。歌人で六歌仙の一人。右近衛権中将であったので在五中将と呼ばれる。

＊在原行平　阿保親王の子で業平の兄。中納言。「立《たち》わかれいなばの山の峰に生ふる松としきかば今かへりこむ」（日本古典文学大系『古今和歌集』巻八　離別三六五　岩波書店、一九八九年）

山田風太郎『戦中派不戦日記』を読む

山田風太郎は、『甲賀忍法帖』『柳生忍法帖』『魔界転生』などの娯楽時代劇小説で知られています。『戦中派不戦日記』（講談社文庫）は、昭和二〇年、終戦の年に書かれた山田の日記です。彼は当時、二三歳の東京医科大学生でした。元日から大晦日まで毎日書き続けた日記は、文庫本にして六八〇ページ。空襲による罹災、東京の混乱、戦争への複雑な思いなどが克明に綴られています。不安や悲憤の中で状況に対して冷静な認識を持っていたこと、よく読書をしていること、大学側の努力によく応えて医学の勉強をしていること、文章がしっかりしていることに感心しました。何カ所か引用します。

「午前零時ごろより三時ごろにかけ、B29約百五十機、夜間爆撃。東方の空血の如く燃え、凄惨言語に絶す」で始まる三月一〇日東京大空襲の記述は、文庫本一〇ページ強（三八字×一六五行）。罹災を免れ、午前に大学へ行くと、意外にも予定通り試験をやっています。午後になって友人と被災地へ向かい、その時見た本郷の様子が次のように描写されています。

○……茫然とした、――何という凄さであろう！まさしく、満目荒涼である。焼けた石、舗道、柱、材木、扉、その他あらゆる人間の生活の背景をなす「物」の姿が、ことごとく灰となり、煙となり、なおまだチロチロと燃えつつ、横たわり、投げ出され、ひっくり返って、眼路の限りつづいている。（中略）その中を幻影のようにのろのろと歩き、佇み、座り、茫然としている罹災民の影が見える。

大学の疎開に伴って長野県の飯田市へ赴きます。その六月二五日の記事。

○……美しい夕であった、碧く澄んだ空、ばら色の雲がむらがってその縁は黄金色にかがやき、それがそっくり田植えを終ったばかりの水田に映っている。そしてその碧、紅は、色はそのまま次第に暗く、澄みきった、沈んだ色に変ってゆく。月が東の空にのぼった。紫色の雲は大空を覆って、眼のような切れ目にこの蒼い光の輪がのぞいて、山々のすぐ上には雲の断裂が青い三条の刃のように横たわっている。……

八月一四日。二一ページを費やして日本と日本人を分析し、友人と覚悟を語っています。

○……日本は最後の関頭に立っている。まさに滅失の奈落を一歩の背に、闇黒の嵐のさけぶ断崖の上に追いつめられている。（中略）

（注：硫黄島・沖縄の陥落、都市の廃墟化、広島の原爆、ソビエトの参戦を挙げた後）国民はどうであるか？　国民はすでに戦いに倦んだ。一日の大半を腐肉に目をひからす路傍の犬のごとくに送り、不安の眼を大空に投げ、あとは虚無的な薄笑いを浮かべているばかりである。

政府はどうであるか？　政府はさらに動揺している。開戦当時の大理想を繁文縟礼の中に見失い、国民に明日のことすらも教示し得ない無定見と薄弱なる意志がこれにとって代わった。（中略）

今やまさしく今次大戦の勝利はすなわち科学の勝利たらんとしている。いまの日本の惨苦は、過去の教育に於て顧みられなかった科学の呪いに外ならぬ。(中略)

ついでながら、過去の日本の教育に関して、もう一つ痛恨の念に耐えないのは、それが各自の個性を尊重しなかった点である。頭を出せばこれを打つ。少し異なった道へ歩もうとすればこれを追い返す。かくて個人個人には全く独立独特の筋金の入らないドングリの大群のごとき日本人が鋳出された。(中略)

新兵器なく、しかもかかる(注:個人が自覚と自信を持った)アメリカ人を敵として、なお敗れない道が他にあるか?

ある!

ただ一つある。

それは日本人の「不撓不屈」の戦う意志、それ一つである。

(中略)アメリカ人には致命的な弱点がある。

それは彼らの戦争目的がぜいたくなことである。……

八月一五日は、「○帝国ツイニ敵ニ屈ス」、これだけです。さまざまに無念の思いが胸に迫ったのだと思います。しかし、翌日の記事は、玉音放送前後の様子・内閣告諭・ポツダム宣言を引用し、二六ページに及んでいます。

戦後になると、指導者の身の処し方・進駐軍の寛容さ・混乱の世相といった話題、日本人についての内省などが続きます。バスや列車の異常な混雑ぶりや食べ物の記事もたびたび見られます。九月一九日と一二月一日の記事を引きます。自由ということと進駐軍（占領軍）について書かれています。

○自分は、過去、すべての友人にくらべて、ものの考え方が自由で、柔軟で、不偏で、相対的には広いと、こう考えていた。

が、さて思想の自由、言論の自由、何をいってもよろしいとなると、自らも如何ともする能わざる一つの偏った観念が胸底深く植えつけられていて、自分がそれに縛りつけられていることを痛感する。（中略）

日本人はしかし「自由」ということに、西洋人ほど烈しい魅力を感じているか？

○……明らかに、進駐軍を見得る土地の日本の民衆はアメリカ兵に参りつつある。軍規の厳正なこと、機械化の大規模なこと、物質の潤沢なことよりも、アメリカ兵の明朗なことと親切なこととあっさりしていることに参りつつある。（中略）吾々はたしかに米国人に劣っていることを率直に認める必要がある。それは主として社会的訓練であり、公衆道徳である。

激動の一年を、山田は、絶え間なく煩悶し、精一杯思考して生きました。医学と読書の日常を保ちつつ。彼は、同年代が多数戦死する中で、自分は「傍観者」に過ぎなかったと卑下します（「あとがき」）。しかし、一読した者は、この豊かな記録が強い意志と冷静な観察力の下に成ったことを確信します。そしてまた、こういう眼と感性を持った日本人が少なからずいたであろうと想像するのです。

五〇分の重み

午後の陽に教室浸り世界史の五〇分にて大戦終わる　（横浜市　小原奈実）

八月九日放送の「NHK短歌」で一席に選ばれた歌です。作者は一七歳の高校生。選者の加藤治郎氏*は、「(良い歌は問いを投げかけるものであるが、この歌は、)五〇分で大戦が終わるとはどういうことか、という問いを読者に投げかけている」と評価しました。

初めの二句には倦怠感が出ていて、そうした空気の中でおざなりに大戦が語られてしまったと読むことができます。すると、「第二次大戦の破壊と悲惨がたった五〇分で説明できるものか」という解釈が適切なのかもしれませんが、私はむしろ五〇分の重みと緊張を感じました。蒸し暑く睡魔にとらわれる者もいる中、この生徒は教師の熱弁に応え、教科書や資料集に目を走らせ、ノートを取りながら、大戦を深く受け止めたのではないか。あるいは、ノートを取ることも忘れて戦争というものの姿を想像したかもしれません。

この歌は、授業を終えた後の「ふうっ」というため息にも聞こえるのです。

*加藤治郎　歌人。『サニー・サイド・アップ』で現代歌人協会賞、『昏睡のパラダイス』で寺山修司短歌賞を受賞。『短歌レトリック入門』(風媒社、二〇〇五年)他。

出羽三山と立石寺

以前から気になっていたところへ、短い日程ながら行く機会を得ました。松尾芭蕉は、「奥の細道」の旅で、元禄二年（一六八九）五月末から六月初めにかけて訪れています。現在の暦では真夏に当たります。

月山は、森敦*の小説「月山」に描かれた厳しい冬の景とは異なるものの、気温が低く、頂上はガスで視界が利きません。花は盛りを過ぎています。しかし、何か神秘的な感じがしました。

羽黒山は、杉の巨木に覆われた神さびた霊場です。厚さ二ｍの茅葺屋根を載せた巨大な三神合祭殿は圧巻。国宝の五重塔も、豪雪に

羽黒山　五重塔

耐えてきたと見える重厚な佇まいでした。湯殿山については、「語られぬ湯殿にぬらす袂かな」（『おくのほそ道・出羽三山』）と芭蕉が読んだとおり、人に話してはならないのです。ご神体も参拝の仕方も風変わりでした。

山寺と呼ばれる立石寺は、慈覚大師円仁*の開山。根本中堂（本堂）を抱く急峻な岩山に一〇〇〇近くも石段が穿たれ、いたるところに磨崖仏が刻まれています。仁王門、開山堂、三重小塔、五大堂と登って、奥の院に至ります。山は木立に覆われ、風が涼しく渡っていきます。

五大堂からは、山裾に開けた村落が眺望できます。快晴の青空に、山と田の緑が眩しいほどの対照を見せていました。石段の途中に、芭蕉の句に因んで蟬塚というものが立っています。

閑《しづか》さや岩にしみ入《いる》蟬の声　（『おくのほそ道・立石寺』）

＊森敦（一九一二―一九八九）小説家。『月山』で芥川賞受賞、『われ逝くもののごとく』で野間文芸賞を受賞。

＊円仁（七九四―八六四）　慈覚大師、第三代天台座主。遣唐使に従って唐に渡り、五台山、長安を巡る。九年余にわたる苦難の旅の記録を『入唐求法巡礼行記』として著した。

＊『奥の細道』から引いた二句の表記は『日本古典文学大系　芭蕉文集』（岩波書店、一九五九年）に拠った。

昔のこと―竹内洋『丸山眞男の時代』を読む―

丸山真男は、日本政治思想史を専門とした学者でした。『日本の思想』（岩波新書、一九六一年）の最終章「『である』ことと『する』こと」は今も高校の教科書に載っています。昭和一二年に東大法学部を卒業し、助手、助教授と昇格しますが、国家が戦争に向かう中、台頭する国粋主義からの攻撃に苦しみました。戦後になると、西欧哲学・政治学等の知見に立って日本を論じる彼の研究・著作は人々を魅了し、東大法学部教授の権威とも相俟って、リベラルな知識人の代表的な存在となるのです。一九六〇年の安保闘争において、ノンセクトの学生は丸山を教祖のように仰いだといいます。ところが、七〇年代初頭の全共闘運動に際しては、批判の対象に転じたのです。竹内氏は次のように考えています。

大学第一世代、つまり出発地位が経済資本と文化資本で劣った地位であっても、その未来がエリート階層になりうるかもしれないという予期があるときには、憧れが同一化へのエネルギーとなる。しかし、そうした予期をもてなくなったときには、学生の大学教授への憧れと嫌悪との両義性は激しく振動しはじめる。かれらの先にあるただのサラリーマンという人生航路からみると、大学文化や知識人文化など無用な文化である。(中略)かれらは、理念としての知識人や学問を徹底して問うたが、あの執拗ともいえる徹底ぶりは、大学生がただの人やただのサラリーマン予備軍になってしまったことへの不安とルサンチマン(怨念)抜きには理解しがたい。プロレタリアート化した知識人たちの反大学知識人主義である。だから運動の極点は、いつも大学教授を団交に引っ張り込み、無理難題を迫り、醜態を晒《さら》させることにあった。

かくて学園闘争を担った学生たちは、大学知識人を範型にした文化プチブルジョアの道ではなく、文化ブルジョアを苛酷に相対化した吉本隆明*の方に共感を感じていく。(『丸山真男の時代』中公新書、二〇〇五年)

一九六〇年代末から七〇年代初頭にかけて、私は、高校生・大学生として三里塚闘争、安田講堂占拠事件、沖縄返還問題といった出来事を外から見ました。東大の入試中止（六九年）には、翌年の他学受験生ながら幾分かは影響を受けたと思います。七〇年に大学へ入った私は、多くの学生と同じように集会などに参加しつつ、ベトナム反戦を契機とした反体制志向の空気に漠然と身を浸していたと思います。しかし、例えば新左翼運動が何であったのかを本当には理解していませんでした。

高校生の自分は、教科の勉強に興味を持てなかったわけではありません。問題に向かうことや歴史的出来事の関係を知ることは刺激的で、楽しみでした。だが、一心に打ち込むという風ではなく、それは入試の結果に反映しました。クラスでは、学力優秀者はそれなりに注目されましたが、それで重んじられるということはなかったと思います。部活動に励む者もいましたが、皆が部活一辺倒ということはありません。思想というか社会への態度というか、学校生活とは別の、個人が持つ文化のようなものが意識されていたと思います。私も例外ではありません。本を読んだりバンドに加わったりもしました。女生徒へも心が動きました。しかし、いろいろなことが中途半端だったのです。

大学では学問を積んだ先生方に出会い、進んで勉強しました。部活動も充実しました。この本によって、あの時代を客観的に眺めることが少しできた気がします。自分を形成してきた時代の相というものを改めて考えることで、今生きていることの意味を問い直す。そういう年代に入ったようです。

＊吉本隆明（一九二四―二〇一二）詩人、評論家、思想家。『言語にとって美とは何か』（勁草書房、一九六五年）、『共同幻想論』（河出書房新社、一九六八年）他。

「普通科」の問題―本田由紀『教育の職業的意義』を読んで―

この数年、非正社員の増加と正社員の過重労働の実態が顕在化し、これと連動して新規採用の抑制による若者の就職難が問題となっています。著者は、就労をめぐる現在の状況が、若者の労働意欲の問題ではなく、日本の社会構造に由来するととらえる認識が広がってきたと観察し、今こそ社会が「教育の職業的意義」の向上を意識する必要があると主張します（『教育の職業的意義』ちくま新書、二〇〇九年）。以下は骨子です。

＊

普通科に偏った日本の中等教育は、諸外国あるいは戦前の日本と比べて現実と隔絶された教養主義的教育に傾斜しており、現在の社会状況に合致していないことがさまざまな角度から看取できる（第三章）。最近は、学校から職業への接続ということが政府においても意識され、「キャリア教育」が推進されている。しかし、これは、「勤労観・職業観の育成に重点を置いた基礎的、汎用的教育」（二〇〇九年一月「中教審部会」資料）であり、普通科高校の現場では「自分の将来や、やりたいことを考えて、自分で決めなさい」という規範・圧力として浸透し、若者を「決められない」ことへの不安や漠然とした「夢」へと駆り立てている。だから、職業的専門性につながっていくような「柔軟な専門性」の養成と、職業に就いた際に必要な「労働法の基本的な構造や考え方」の理解を意図した「教育の職業的意義」の内容を構築していくべきである（第五章）。その際、社会への「適応」と働く側からの「抵抗」の双方を意識することが肝要だ（同）。

＊

高校普通科の生徒は、多くが数学や古典などの基礎教科を学ぶことに懐疑的で、学習意欲は主に受験という切実な「必要」に支えられているようです。彼らの懐疑に対して私たち教員は、専門へ入るための土台を作る、また、人間としての素養（＝教養）を涵養する、という意義を説きます。旧制中学・高校での教養主義的教育の考えを承ける言い方なのかもしれません。本田氏は、戦前（高校、専門学校、師範学校など多様な学校が併存）においては高校から大学へと進む一握りの集団を対象とした教養主義が、戦後になって「画一的平等化への志向」を背景として生じた圧倒的多数の「普通科」高校生に向けて展開されたことに弊害を見ているのです。普通科の生徒に「教育の職業的意義」を、という本書の趣旨は納得できるものであり、教科に閉じこもりがちな私たちの意識を刺激します。高校生の懐疑は、無理からぬものなのかもしれません。

「教育の職業的意義」の内容作りには、制度的な改変（カリキュラム等）が必要です。普通科の現場にあっては、さしあたり個々の仕事の範囲で意識していくほかはないでしょう。社会の動向に目を向ける、職業や企業の実情を知る、労働法を学習するといったことから。しかし、それは教養主義的教育を排除して行われるものではないとも思っています。

村山槐多「無題」

七月四日、岡崎市美術博物館で同市所蔵品展を見てきました。会場へ入ると、村山槐多《かいた》「農学士田中十三男像」が目に入ります。線のしっかりした水彩で、モデルは穏やかな知的な人物なのだろうと想像されます。以前に勤務していた高校の校長室に掛かっていて、会議のたびに見ていました。

村山槐多『無題』 岡崎市美術博物館蔵

明治二九年（一八九六）に生まれた槐多は、従兄の画家山本鼎《かなえ》に画才を見出されて一八歳で上京し、まもなく日本美術院展で受賞します。詩や小説もよくし、芥川龍之介も賞賛したといいます。しかし、大正期の「デカダンス」そのままの退廃的な生活によって肺結核に罹り、二二歳で亡くなりました。
写真は「無題」、一九歳の作。以下は、村松和明学芸員の解説です。

……槐多は自分の顔を「悪相」といい、とくに眉間に縦に刻まれた深いしわを「鬼の線」と呼んで嫌っていた。彼が描いた現存する九点の自画像を比較してみると、このしわの深さが、そのときの彼の苦悩の反映であったともとれる。《無題》に描かれた人物の額には、このしわが異様なほどに深く長く刻み付けられている。このことから「自身を描いた」とみて間違いない。当時の彼は、極度の貧窮と父との争いとによって心身ともに荒んだ状況にあった。混沌としていた彼は、本作では他の自画像のように鏡に映った顔を描くのを止め、内面に潜む恐ろしく変容してしまった自己の精神の有様を、象徴主義に倣ってここに描き出したのではないか。（岡崎市美博ニュース「アルカディア　Ｖｏｌ．44」）

個の資質や環境が成した部分はあるにしても、この作には、青年一般に固有の混沌としたエネルギーと繊細な感受性が横溢しているように見えます。私は、日々、このような若者たちに向き合っているわけです。

視野の広がり

古本屋に、『十三妹《シーサンメイ》』という文庫本がありました。作者は『司馬遷―史記の世界―』や『ひかりごけ』の武田泰淳ですが、表紙には武装した若い女性が描かれ、ところどころに挿絵も入って、「ライトノベル」風です。一九六五年、朝日新聞に連載されました。清朝の白話（口語）文による武侠小説『児女英雄伝』と『三侠五義《さんきょうごぎ》』が原典だそうです。

安公子の第二夫人何玉鳳は、実は日本刀を武器に悪者を懲らしめる侠女十三妹。公子が科挙受験の旅に出て難渋するのを陰で助け、これにライバルの盗賊白玉堂が絡んで物語が展開していきます。運命に翻弄される公子と、颯爽と困難に向かう十三妹が対照的です。同じ空間に生きながら、それぞれが見る世界の広さ、活動する時間の奥行きが異なっているのです。

要するに彼女は多忙だった。千手観音のように、無数の手をはやさなければ間にあわないくらい、いそがしかった。ふつうだったら多忙すぎる妻をもった夫は、不満をおぼえる。しかし、安公子の場合、不満をのべたてる資格はどこにもないのである。彼女を多忙にさせた責任の大半は、彼自身にある。その上、彼が彼女の多忙の内容についていて、めくら（＝原文のまま）同然、見当もつかないと言うのは、つまるところ彼女の世界、彼女の活躍舞台が彼のそれにくらべ、とてつもなく広大だったからだ。活躍の地理的ひろがりばかりではない。「思想」あるいは「生の感覚」そのものが、広大だったのだろう。（中公文庫、二〇〇二年）

このクラスで授業を共にする一人ひとり——立場の違う私を含め——には、何が見えているのだろう。日々の活動に勉めつつ、日々の問題に縛られない精神の広さと強さ、ということを思います。

人と接する――謙譲表現――

「謙譲する」、「へりくだる」という時、私たちは、通常、他者との差異や距離を感じ取り、下位あるいは隔たりの自覚に立って言葉を発し、行動しています。謙譲表現は、謙虚な心の反映と言えるでしょう。

しかし、どんな相手にもへりくだるのは、相手をきちんと見ようとしていないことにおいて、実は傲慢な態度なのではないか。差異の認識、相手との距離感を前提としない、つまり主体としての判断（＝人間性）を欠いた敬語は、形式的で使い手を薄っぺらく見せます。顧客や集団内部の上位者には卑屈なほどに敬語を使い、立場の弱い者には尊大に対するというように、人との関係において個としての相手にふさわしい距離を計ろうとしない。あるいは、誰にも同じように――マニュアルに従うように――対する。これらは、自らを損なう態度にほかなりません。

仮に、生きることの不可思議に思いを致し、自然界に生あるもの全てを尊いと思い、常に自らを下に置くという自覚から発せられる謙譲表現があるとすれば、それは至高の人格によるものでしょう。

また逆に、尊大な言葉使いは、自分を大切にすることとは全く関係がありません。「えらい」という見かけを自身で演出しているわけで、その内実を自覚し、充実させる契機を得ることはないでしょう。

「丁寧な」言葉で話し、接することは、たとえ相手が幼少であっても大切です。

相対化の時代と理性

一般に、事件が起こると原因や背景を知ろうとし、それによって事件を理解し判断します。不幸な事件だったが、ああいう原因で起こったのだ。許せないが起こり得ないことではない、などと。ところが、原因や背景が見当たらない場合は、ひたすら憎むか、怯えます。やりきれないわけです。

これは、原因がないのではなく、簡単には見つけられないものだったり、その時点では一般の理解を超えていたりするということなのでしょう。私たちは、理解を超えたものを忌み、恐怖します。そして、感情のままに行動する。そこには理性が働きません。

以前、「相対化の時代」ということが言われました。冷戦体制の崩壊以後、それまで権力・経済・アイデンティティの核であった国家が市場によって相対化されている。市場はまた、市民社会や人間をも相対化している。しかし、市民社会は、貧困や格差、環境破壊への抵抗を通して市場を相対化していると。（坂本義和「相対化の時代」岩波書店『世界』一九九七年一月号）

今世紀に入ってから、市場原理によるグローバル化がますます進んできました。大きく強いものへと雪崩を打つ動きが、至る所で見られます。人権や平和など人類が苦労して見出してきた普遍の価値を軸に、今、一般に価値とされるもの、常識と言われるものを相対化していく理性が求められていると思います。（拙著『明日に向けて』より再録）

近代日本の一労働者

山本作兵衛『炭鉱《ヤマ》に生きる』（講談社、二〇一一年）を読みました。一九六七年に発行された本ですが、二〇一一年五月、ユネスコ「世界記憶遺産」に登録されると、まもなく新装版が出たのです。山本さんは、明治二五年福岡県に生まれ、五〇年間筑豊の炭鉱で働きました。六〇歳を過ぎてから記憶を頼りに数百枚の絵とノート数冊の記録文を成し、これが画文集として出版されたのです。

彼は、絵も文章も「素人」です。七、八歳の頃、弟の初節句にもらった加藤清正人形の極彩色に魅了されて絵に目覚めます。紙が高価なので、一枚の半紙を二四枚に切って使いました。小学校へ通ったのは三年間、借りた漢和辞典を書き写して漢字を学んだそうです。記録を残した事情を、次のように書いています。

……明治・大正・昭和の初期までのヤマの姿を伝えるものはほんとうに少なく、いまから百年の後だれが知っていて、あとに伝えるでしょう。……はじめ私は文章で綴ろうと思ったが、無学の私にはどうも思うようにいかないので少年時代から好きだった絵で描いてみることにしました。といっても、少年の頃には弟を二人も背負って家事の手伝いをしていたので、机に向かう暇はないし、十四歳のとき坑内夫になってから約七年間、毎日昇抗後全くの我流で描いたことがあるだけです。……（「あとがき」）

副題に「地の底の人生記録」とありますが、明治から大正にかけての炭鉱は、地中の坑道で一〇時間以上続けて働く過酷な労働が普通でした。先山《さきやま》と呼ばれる抗夫がツルバシで石炭を掘り、それを後山《あとやま》がセナやスラ＊で運んで炭函に積み込みます。夫と妻、父と娘といった組合せが一般的で、褌《ふんどし》一つ、腰巻き一枚で作業しました。世帯持ちでも住居は四畳半と土間だけの長屋、風呂は混浴の共同風呂です。収入はやっと食べていける程度で、米価が上がると米騒動も起こりました。逃亡する人もあり、ひどい私刑を受けました。こうした炭鉱労働者のありようは、機械化が進んだ戦後も本質的には変わらなかったようです。山本さんは、昔を振り返って言います。

……ツルバシ一挺で石炭を掘ったり、スラやセナで運びだしておった時代とくらべるなら、天地の差です。しかし、これは私のひがみかもしれませんが、炭鉱の抗夫は、はたして囚人とどれほど違うだろうか、という思いがいつも頭から離れません。……けっきょく、変わったのは、ほんの表面だけであって、底のほうは少しも変わらなかったのではないでしょうか。日本の炭鉱はそのまま日本という国の縮図のように思われて、胸がいっぱいになります。

これは、全国民が人権を保障され、健康で文化的な生活を営む権利を持つとされる現憲法*下で、抗夫の尊厳と権利がなおざりにされ続けてきた実態の告発にほかなりません。本の帯に、「いかにゆたかな創造性を日本の労働者がもっているかを、山本さんはだれよりも力づよく男らしく、その仕事によって私たちに教えてくれる（序文・上野英信）」と紹介されています。山本さんが亡くなって二七年。労働者は今、「生き残り」をかけて消耗戦のような働き方を強いられているようにも見えるのです。

＊「セナ」「スラ」　いずれも石炭を入れる籠、セナは棒の前後につるした二つの籠、スラは引いて運

ぶ大型の籠。

＊日本国憲法第一一条：国民は、すべての基本的人権の享有を妨げられない。この憲法が国民に保障する基本的人権は、侵すことのできない永久の権利として、現在及び将来の国民に与へられる。
同第二五条一：すべて国民は、健康で文化的な最低限度の生活を営む権利を有する。

「安さ」の価値

ゴールデンウィーク中の高速道路で夜行バスが事故を起こし、多くの死傷者を出しました。運転手の過失が原因だと言います。こうした事故が起こる背景には、格安料金で運行するために長距離を一人で担当させるという事情があるようです。

観光会社は低料金で客を集め、さらに安くバス会社に発注します。バス会社は人件費や車両整備費を抑えてでも仕事を請けます。こうして、運転手は十分な休息を取ることなく連続して勤務することを強いられるのです。法律では事故の責任はバス会社が負うことになっています。需要が増えて競争が激化する中、観光会社がバス会社に無理を言い、結局は運転手が負担を引き受けるという構造は常態化しています。

集客と運行の両部門を持つ長距離路線バス会社の中には、低料金ではないが二人の運転手がゆったりしたダイヤで走らせているところもあるようです。傷ましい事故は二度と起きてはなりません。個々の業者が身を正すことはもちろんですが、運行規則や事故責任について改めて見直すといった環境整備が欠かせないでしょう。

命の危険という問題の前では、料金が安いから「お得」という判断は現実的ではありません。大きな事故を前にしてみると、「安い」ということは意味を持ちません。原子力発電所の存廃問題も、今回の事故と通じる点があるようです。蒸気を発生させる熱源として、核分裂の力ほど効率的なものはないでしょうが、いったん事故が起きれば経済性などという次元を突き抜けてしまうのです。

工夫と努力によって価格を下げ、売り上げを増やして利益を挙げることは資本主義下にある企業の属性であり、一方、物やサービスを安く購うということは消費者の喜びです。しかし、例えば筆記具セット、傘、道具類などが一〇〇円で売られているのを見ると考えてしまいます。仕入れ価格は店の利益や販売経費を差し引くとかなり低いだろう、製作工程の多くを機械が行うにしてもある程度は人間の手が必要だから、作った人の報酬も少ないにちがいない、原材料費はどうか、材料あるいは製品を輸入するとすれば現地での調達価格や労賃は極限的に低いのではないか、などと。抜きん出た低価格を実現するためには、原材料の質、製品の仕上げ、人件費などのどこかに無理を強いることにならざるを得ないでしょう。

消費者がいっそうの低価格を求め、企業が一定の利益を確保しようとする限り、消費者と生産者双方の安全や健康がその代償となるような状況が続くと思います。グローバル化の中で企業が生き残るためにはシェアの大きさが大切で、それは主に価格競争力で決まるでしょう。しかし、価格の安さを武器としない商業活動はあり得ないのでしょうか。

「伝統工芸品」となってしまった漆器、陶磁器、桐箪笥などは、かつて生活に根付いていました。高価ではありましたが、何十年も使うので価格には釣り合ったのです。最近は非常に廉価な器や布製品が出回り、物によっては一シーズンで廃棄されます。もちろん低価格品を長く使えば費用に対する効果は大きいわけですが、往々にして早期に買い換えられます。使えなくなるというよりも、使いたくなくなるからだと思います。使っても古びない、使うほどに味が出るというような製品が、家庭にどれほどあるのでしょう。私たちは、壊れたり古びたりすれば即座にゴミとして処分される家電製品や被服、日用品の中で暮らしているのです。昔、学校は木造校舎でした。雑巾がけをすると木につやが出て、掃除が楽しくなりました。古い校舎には風格がありました。コンクリートの校舎は新築時が一番美しく、年を重ねるほどに汚くなります。

消費者には、安さだけでなく自分が対価を払って手にしたいモノは何なのかを意識する時が来ているようです。企業も、適正な報酬を保障した上での競争を考える段階にあると思います。「フェアトレード」*も少しずつ浸透してきました。

＊公平貿易。発展途上国の原料や製品を適正な価格で継続的に購入し、労働者の生活改善と自立を支援する運動。

古代日本の遺志

昨日、大阪で大学生バスケットボールの西日本大会を観ました。女子の部で本学が決勝を戦ったのです。小柄なキャプテンが大胆かつすばしこいリードをし、長身の下級生がゴール下で鋭い反応を見せて、一進一退の戦いの末、優勝しました*。練習の積み重ねに支えられた強い意志が成した立派な勝利でした。

この試合の前に、大阪歴史博物館を見学し、難波宮跡を歩きました。この地は、大阪城(本来は大坂城)のエリアに重なっています。ということは、石山本願寺の跡でもあります。つまり、昔から大阪の中心地ということになりそうです。しかし、歴史博物館の展示に拠れば、難波宮時代にはこのあたりは海に突き出た半島の先端のようなところでした。

乙巳の変(六四五年)*の後、孝徳天皇は奈良盆地の飛鳥からこの地に遷都し、難波長柄《ながら》豊崎《とよさき》宮を営みました。中大兄皇子らの大化改新はこの宮で行われたのです。「改新の詔」には公地公民制への移行、地方行政組織の設置、戸籍・計帳・班田収授の法整備などが示されました。中央集権国家を目指したのです。

都が海に臨んで造られたことは、朝鮮半島や大陸を窺う政権の姿勢を端的に示すものと言えましょう。隋・唐との接触、朝鮮半島への進出、渡来人の重用などは、海洋国家としての我が国のありようを物語っていますが、難波宮はその象徴とも見えるのです。

しかし、難波宮の時代は一〇年ほどに過ぎず、次の斉明天皇の代に都は飛鳥へ戻ってしまいました。六六三年に白村江(朝鮮半島南部)の戦いで唐・新羅に大敗して、国内の守りが固められ、都も近江京に移りましたが、やがて奈良盆地に戻って飛鳥浄御原《きよみがはら》宮、藤原京、平城京が営まれました。この間、難波宮は副都になったり、ほんの一時都にもなったりしますが、京師として安定することはありませんでした。

一五世紀末、この地に浄土真宗が本山を造営し、それは石山本願寺（大坂本願寺）と呼ばれました。地形は、この時代には二つの川に挟まれた台地に変わっていて、水運と陸上交通の要地だったようです。後に城郭化し、一六世紀後半には織田信長と長期にわたって戦い（石山合戦）を繰り広げました。織田方との和睦の直後に焼失し、数年後、豊臣秀吉はここに城を築きました。大坂城です。

古代以来、平忠盛・清盛、足利義満、信長・秀吉、徳川氏など歴代の政治権力が海外に目を向け、交易をしたり、文化を取り入れたりしてきました。こうした海外への関心は、時に膨張して他国への野心となりもしましたが、苦い反省を重ねつつ、保持されてきました。戦争や災害、経済の消長をくぐった末に、今日では世界の平和と充実にどう関わるべきかという視点が広く共有されているように感じます。

半島の突端から大陸を望んだ難波宮の人々の思いは、どのようなものだったのでしょう。

＊第六一回西日本学生バスケットボール選手権大会（女子）、決勝（二〇一二年六月四日）愛知学泉大学73—59大阪体育大学

＊乙巳の変　飛鳥時代の政変。中大兄皇子、中臣鎌子らが、権力者の蘇我入鹿を宮中で殺して蘇我氏を滅ぼした。

被災地の酒

東日本大震災の発生から三ヶ月近く経った頃、新聞に石巻市の酒造所経営者が紹介されていました。

タンクが壊れ、電気も止まって一〇日。「ダメ元」で搾ったところ、すごい酒に仕上がっていた。生きる希望を見出し、思いを多くの人に伝えようと、「絶対負けない石巻」と酒瓶に貼って卸したということでした（『朝日新聞』二〇一一年五月三一日付）。

実はこの記事と前後して、この酒を偶然手に入れていたのです。ラベルに次のように書かれていました。

……震災直後、仕込み蔵は地震の揺れの激しさから、発酵中の醪（お酒）がタンクから溢れ、床一面、白い絨毯を敷き詰めたのかと、錯覚するような情景でした。……そして、溢れ出た醪が発生している音なのか、今までに聞いた事の無いような音が蔵内にこだまし、まるで醪の悲鳴のようにも聞こえ、何とも言えない恐怖感を覚えました。……しかし、我々の心配をよそに、そのお酒はとても力強く生命力に溢れ、我々に勇気と希望を与えてくれました。……（平井孝浩店主）

初夏のさわやかな一日、豆腐を肴に冷やでいただきました。飲み口が良く、そして深い味わいが感じられます。しばらく楽しんで、もう一本求めました。

末の松山

二〇一一年六月初旬、宮城県松島で「百人一首かるた大会」が行われたそうです。関係の方から記念の日本酒の小瓶をいただきました。飲みやすいお酒でしたが、ちょっと変わったラベルが目を引きました。そこには、和歌が一首印刷されていたのです。

契《ちぎ》りきなかたみに袖《そで》をしぼりつゝ末の松山波こさじとは

（『新日本古典文学大系　後拾遺和歌集』岩波書店、一九九四年）

清少納言の父、清原元輔の歌です。『後拾遺集』の恋歌ですが、「百人一首」にもに入っているのでラベルに使用されたのでしょう。現代語に直すと、「約束してきましたね。互いに（涙に濡れた）袖を絞っては。あの末山は決して波が越えないでしょう（そのように私たちも心変わりはしないでしょう）と」という意味ですが、実はこれは「それなのにあなたは心変わりしたんですね」といって相手を詰《なじ》る歌なのです。

「末の松山」は海岸から一番遠い松山の意味で、陸奥国、現在の宮城県多賀城市に実在する地名。古来、歌枕として有名です。「末の松山波越さじ」は、平安前期の大地震（貞観地震）による津波もこの末の松山を越えることがなかった*という事実を踏まえているらしいのです。

多賀城市のホームページによると、東日本大震災の津波によって市域の三三・七%が浸水したということです。つまり、主催者がラベルに込めた意味は「東日本大震災の津波によって、あり得ない被害が現出した」ことへの慨嘆、そしてその克服への意気込みだったと思われます。大会の開催は復興への一歩なのです。

お酒をくださったのはIさんという方で、日本IDDMネットワーク*という特定非営利法人の理事長をしておられます。この組織は、1型糖尿病といってインスリンが発症早期から不足し、常にインスリン依存の状態に置かれている糖尿病の患者さんを支援するNPO法人です。この1型糖尿病は、いわゆる生活習慣病である2型糖尿病とは異なります。

震災にさらされた患者さんたちは命の危機に瀕していたはずです。Iさんは、大震災の直後、彼らと連絡を取りつつ、関係省庁や製薬会社に対してインスリン確保の交渉を行いました。

*吉田東伍「貞観十一年　陸奥府城の震動洪溢」『歴史地理』第八巻、第二号、一九〇六年（ネット）

*ホームページ　http://japan-iddm.net/

記憶するということ

ある駅で、きれいだなと思って若い女性に目をやると、その人が近づいてきて、「三年生のとき教えていただきました。私のことを憶えていらっしゃいますか」と言います。記憶のどこかにあるような気もしましたが、咄嗟には思い出せません。疲れていたし、わかった振りをするのも面倒なので、「いや……」と口ごもり、「ごめんなさい」と言うと、「いえ、いいです」と失望したような表情を見せて立ち去っていきました。

若い頃は、忘れるという意識はありませんでした。しかし、近ごろは、よく忘れるというか記憶が持続しない、あるいは憶えられないという感じです。私は高校に三十八年勤めて学級担任を二十五回持ったので、一クラス四〇人として一〇〇〇人の生徒と出会っています。授業では、各年度五から七クラスを担当しましたから、七六〇〇人から一万六四〇〇人に教えた勘定になります。延べ数ですから、持ち上がりで受け持った生徒の重複も随分あるでしょうが、とにかく大人数ではあります。

不思議なことに若いころ出会った生徒は憶えています。何度か面談した親御さんの顔まで思い浮かぶことだってあります。ところが近年の教え子になるほど、すぐには名前が出てきません。三年生の一年間だけを担当する場合が多かったという事情もありますが、やはり年齢の問題なのでしょう。

よく旅行をしますが、例えば一昨年はどこへ行ったのかをなかなか思い出せません。妻と幾つも地名を出し合った末に、あそこだったと判明するのです。人間はこうして衰えていくのでしょうか。

しかし、若いといっても記憶には限りがあります。圧倒的な量の情報を憶えていることはできません。一度に憶えられないし、また、記憶は風化します。常に思い出すように努める、折にふれて関連する記憶を補充する。そうしないといつの間にか忘れて、もともと無かったことにもなりかねません。

世界のどことでも瞬時につながる情報技術によって見聞きする世界が広がる中で、自分の頭を使った思考や記憶は駆逐されてしまうかのようです。「旬」の話題に関心が集まり、それはすぐに更新される。メディアの姿勢は、時に、新しい情報と引き換えに忘却を煽っているようにも見えます。傷ましい事件や大きな事故、政権の約束……。深く考え、反省し、地道に実践されていくはずの事柄が日用品のように消費され、みるみる関心を失い、記憶の埒外へ押し出されていくのです。

「情報処理」という概念は、いつしか「コンピュータを使った作業」の枠を越え、入ってきた情報をさっさと片付けて次の情報に備えること、あるいはそのような態度という意味に拡大したようです。「片付ける」とはファイルにして保存する、もしくは当面不要と判断して捨てることとです。そこには、時間をかけて醸成されたり、他の事柄と結びついたりしてその人の思想となり、態度となる「記憶」はありません。

実際には、例えば新聞記事を読み、その幾つかについて考えるだけでもかなりの時間を要します。自分の仕事上での、また、個人としての問題意識に関わる内容であれば、資料を調べたり、考えをまとめたりする必要もあるでしょう。なかなか骨折りです。しかし、これは単なる「処理」ではなく、情報の活用、血肉化です。時間や能力は無限ではないので、素早く処理し、忘れる必要もあるでしょうが、中には自分が記憶し、また思い出すべきものがあるはずです。それらは骨や肉と同じく自身を形成するでしょう。

学校で多くの人と出会ってきた者としては、次の人生に向けて、一人ひとりとの記憶を呼び覚ます試みが必要なのかもしれません。駅で出会った女性については、後で名簿によって氏名を確認しました。その在学中の姿を思い出しもしましたが、連絡はしていません。

離れて見る、落ち着いて考える

坂野潤治著『昭和史の決定的瞬間』（ちくま新書、二〇〇四年）は、昭和一〇年から一二年に至る政治状況を詳細に分析した本です。昭和一二（一九三七）年七月七日に、後に太平洋戦争を招来した日中戦争の端緒である盧溝橋事件が起こっていますから、この時期はその直前にあたります。

私たちは、そういう時期であるなら、戦争を迎えるような政治的社会的環境が醸成されていたのだろうと「常識的に」考えます。軍部によるファシズムが政党政治を圧倒し、人々の言論は封殺され、民主主義は望むべくもなかった。そして、一方的な情報によって戦争へと導かれていったと。しかしながら、事実は必ずしもそうでなかったことを、この本は明示しています。

昭和一一年の二・二六事件は、天皇親政を旗印に反資本主義の軍部独裁政治を打ち立てようとする急進的青年将校たちの軍事テロでした。この事件は、当時の社会状況が戦争とファシズムへ急速に傾きつつあったということの象徴とも見えます。しかし、その一週間前に行われた総選挙は、最大政党だった右派の政友会が七一減の一七一議席、左派で自由主義的な民政党が七八増の二〇五議席、社会大衆党などの社会主義系が一七増の二二議席という結果でした。民意はファシズムではなく民主主義を支持していたのです。直後の国会でも、反戦・反軍拡の演説が行われていました。

日中戦争直前においても、軍ファシズムと並んで、自由主義や社会民主主義も力を持っていました。それがなぜ、戦争へ突き進んでしまったのか。著者は、これらが単純な三者関係でなかったところが問題だったと言います。

……なかでも、「自由主義」と「社会民主主義」の関係が、相当にねじれたものであった。一般に「平和と民主主義」と言うときには、この二つの勢力は一括して「民主主義」の方に入るわけであるが、昭和一一・一二年の日本では、「自由主義」は古典的な資本主義にべったりで、社会改良的な政策には驚くほど冷淡であった。

社会民主主義の側がこのような「自由主義」と「資本主義」に強く反発したことは、

十分に同情に値いするが、その結果、陸軍と結んで、右と左から自由主義と資本主義を挟み打ちする「広義国防論」を掲げたために、「社会民主主義」なのか、「国家社会主義」なのかわからなくなってしまったのは、明らかにマイナスであった。（「エピローグ」）

私たちは一般に、日中戦争勃発から太平洋戦争終結までの八年間が、軍部主導の強烈な国家主義に立った時代であり、民衆はその目標であった大東亜共栄圏建設の夢へと否応なく駆り立てられていたと理解しています。だが実際には、「竹槍」で近代装備に対抗するような非現実的な精神主義の果てに終結した戦争の開戦前夜において、民主主義はある程度機能しており、そしてその狭間から戦争は起こったのです。未来を予見することは困難ではありますが、少なくともこの「歴史」から、目前の利得や目標を追う視野の狭小さが平和と自由を損なう結果を招き寄せかねないという教訓を学ぶことはできるでしょう。

低迷する景気、増大する財政赤字、世代間や雇用形態による格差、震災の痛手、原発の不安など、さまざまな問題を抱えるこの国の現状に対して、多くの人々は倦み、疲れているようでもあります。しかし、全てが一気に解決されるようなドラマチックな展開はあり得ません。真の成果は、丁寧な思考、面倒な手続き、個々の持ち場での努力といったものの集積によって表れるはずです。そういう日常の中で、時々現状の上空に眼を移して組織と自分の位置を見きわめ、必要に応じて軌道修正することが欠かせないのです。

iii

少年の矜持

マッチ擦るつかのま海に霧ふかし身捨つるほどの祖国はありや　（『空には本』）

寺山修司は、短歌や演劇の分野で活躍し、早世を惜しまれました。青森高校時代には俳句に打ち込み、全国的な句誌を作るほどでした。彼は大学進学後、短歌を始めます。左は、その「カルネー〈俳句絶縁宣言〉」の冒頭部分です。


夏休みは終った。僕は変った。

しかし僕は変りはしたが、立場を転倒したのではなかった。

青年から大人へ変ってゆくとき、青年の日の美しさに比例して「大人となった自分」への嫌悪の念は大きいものである。

しかし、そのせいで立場を転倒させて、現在ある「いい大人たち」のカテゴリイに自分をあてはめようとする性急さは、自分の誤ちを容認することでしかない。

僕が俳句をやめたのは、それを契機にして自己の立場に理由の台石をすえ、転倒させようとしたのではなく、この洋服がもはや僕の伸びた身長に合わなくなったからである。

そうだ。僕は二十才。五尺七寸になった。

（『寺山修司の俳句入門』第一章「俳句とは何か」光文社文庫、二〇〇六年）


俳句というジャンルが大人の文学でないというのではありません。彼自身にとって俳句という表出形式がぴったりしなくなった、と言っているのです。年長者から見れば、そんな服を着替えるような言い方は生意気だということになるのかもしれません。しかし、精神の成長という矜持をもって新しい世界へ向かおうとする意気込みは、青年らしく、潔い感じがします。

「公」・「公共」ということ

朝、少し遅れて教室へ入ってきた学生が、着席しながら付近の者と話し出す――。狭い道を三人が並び、車の警笛が鳴ると一人が下がってまた戻るということを繰り返す――。こうした若い人たちの行動をよく目にしますが、まるで教室の全体や一般の通行者などの周囲が視野に入っていないかのようです。

もしかしたら、差し迫った相談があって、友人に話しかけているのかもしれません。しかし、大抵は友人や隣人との交誼に気を遣う、あるいは関係の切断を恐れる心理が働くのだと思います。携帯電話のメールに速やかに応じるという態度にも通じているでしょう。また、私信的な日誌や感想は細かく書くが、会議や授業の発言・応答はおよそ文の体をなしていないといった状況とも無縁ではないでしょう。これらは、大人社会の反映にほかなりません。

この国には、親しい（親しくすべき）者には気を遣うが、所属する集団や地域社会、国家のありようには進んでは関与しない、つまり「公共」・「公」というものよりも身近な私的関係を意識する風潮が広がっているようです。「公」とは、個人が意見を出し合い、ルールを作り、それに則って集団が活動し存在していく、そういうあり方のことだと考えています。漠然とした概念ですし、常に意識していなくても暮らしては行けます。しかし、集団の中で生きる以上、全体の方向、あり方は個人が支えなくてはなりませんし、またそれは少なからず個人を実質的に制約しています。

「公」・「公共」意識の希薄化あるいは欠如と「私」意識の肥大化は、個人が公を支える構造を危機に追い込みます。これは例えば、選挙の投票に行かない、税金や公共料金を納めない、道路や施設を汚す、電車内で傍若無人に振る舞う、タクシーの感覚で救急車を呼ぶ、といった「公」の無視または過度の依存として顕在化しています。それぞれに言い分はあるでしょう。誰が政治を行っても満足は与えてくれない、給食費を払わないのは自分だけではない、などと。しかしこれらには、「公」への不信・不満を唱えつつ、「公」にもたれかかっている内実が見てとれます。個人の支え（監視することも含め）がない「公」は破綻するほかありません。

国家が民主主義を標榜する以上、個人と公・公共の、支え支えられる関係が欠かせません。教室でも職場でも、県や国の議場でも、「私」に留まり「公」の利益に向けて意見を戦わせられないのなら、民主主義国家とは言えません。（もちろん「公」は直接に「お上」としての行政を指すのではありません。）

現在の風潮はどこから来たのか。「戦後民主主義」が自己中心的な個を作ったということを言う人もいるようですが、当たっていないと思います。むしろ本質は、民主主義が定着していないことにあるのでしょう（真の民主主義の実現は、あるいは永遠の目標なのかもしれませんが）。私は、この世相の背景には、高度経済成長期から醸成され、今や市場原理至上のグローバル化と一体をなしている極端なプラグマティズムがあると考えています。

「公」・「公共性」は、「あの人は社会性がある」と言う時の「社会性」とは異なるものと考えます。この「社会性」は他人やその集合である社会との関係性のことであって、「社会性がある」とは、場の空気を読んで協調したり、隣人に気を遣ったりできるという態度に近いのではないか。授業中であれ、会議中であれ、隣の友達との会話を絶やさない人はむしろ社会性がある人なのかもしれません。もちろん、これもある程度は必要なことでありますが。

「公」を押し出していくのは面倒です。さまざまな不一致や対立を乗り越える苦労が予想されるからです。しかし、「公」意識の更なる希薄化は、経済の不調と相俟って社会の紐帯を弱め、「私」への引きこもりを助長するでしょう。

学生にあっては、さまざまな事象に目を向け、考え、討論し、行動することによって、「公」意識が高められるものと考えています。

知識と知

知識を断片の集積と見て、「役に立たない」「単なる」「死んだ」などという修飾語を付け、それを身につける=記憶することを軽視する風潮があるようです。実際のところ、インターネットなどで検索すれば大抵のことは調べられます。いちいち憶えなくても調べる方法さえ知っていれば日常生活は事足りるのです。多くの高校生は、大学入試があるからと我慢して知識を頭に詰め込んでいるように見えます。古語助動詞の意味や活用、古代ローマの政治制度、おびただしい人名などを苦しみながら記憶しても、入試を通過してしまったならもうそれらは「役に立たない」のですから、知識などはむしろ忌むべき対象以外の何物でもありません。考える頭脳さえあればよいのです。

しかし、本当にそうでしょうか。知識を問題解決のための部品と考え、それを取り出すためにパソコンや携帯電話の扱いに習熟し、自在に検索できるようになる。そういうことを続ける結果、何が得られるのでしょうか。直面する問題を取りあえず処理することはできます。だが、検索した結果を参照して考えを深めたり、新しいことを考えつくことは難しいと思います。

検索して当面する問題に対する答えを出す。これは、言わば操作的な知にすぎません。何が思考の対象となるのか、何を検索する必要があるのかということを判断し、その結果を基に思考する態度・能力こそが「知」なのです。知識は、このような判断・思考の背景となるものであり、無味乾燥な断片ではありません。年号や人名を単に暗記の対象ととらえれば、記憶する苦痛しか残らない。しかし、それらの背後に懸命に戦い、知恵を絞り、苦しみ、成就した人間のドラマを見るなら、それらは新しい思考に向けての有力なテキストとなるはずです。

さて、高校生に向けて書いた「なぜ古典を勉強するのか」という文章を紹介します。

＊

あえて質問はしないにしても、古文や漢文を勉強する意味があるのか、何の役に立つのかという疑問を持っている人は多いと思います。自分なりに答えを見つけ、納得している人もあるでしょう。たとえば、受験科目になっている以上勉強せざるを得ないとか、一般教養としてある程度は必要だなどと。また、国際化の流れの中で外国人に対する自己の存在の拠り所、つまり日本人としてのアイデンティティをここに求める向きもあろうかと思います。それぞれに理があります。村上慎一著『なぜ国語を学ぶのか』（岩波ジュニア新書）には、「古典は文化の履歴書」という言葉が見えます。また、古典はその中に私たちの考え方の底にある文化を見出すことができるものであり、人生を考えていく精神＝「魂」を磨く道具となると述べられています。

古典を学ぶことは、日本の文化と歴史を知ることです。またそれは、私たち自身を知ることでもあります。皆さんがあまり好きでない文法にも、日本人の認識や思考の型が見られるのです。

たとえば、「大井の土民に仰せて水車《みづぐるま》を造らせられけり（徒然草）」の「造らせられけり」は、動詞に続いて使役・尊敬・回想の助動詞で構成されていますが、これが「造りけらせらる」などとなったりはしません。助動詞は、客観的な動作や状態についての意味を加えるもの（使役・受身など）から、より主観的な判断を加えるもの（推量・回想など）へと連なっていて、これは現代語も同じです。つまり、私たちはこの語順のごとくに外界を認識し、自己を表出しているわけです。

ところで、こうした認識や表出のありかたは、全てが日本人特有のものであるとは限りません。そもそも外国の言葉を理解し、生活に親しむことができるということは、その地域における認識の仕方や文化が普遍的な要素を持っているからでしょう。そうすると、古典を通して日本の文化と歴史を学ぶということは世界の文化や歴史を考えることに繋がっていきます。自国の文化への理解に立って外国のことを学ぶ時、彼我の一致を喜び、相違を尊重する姿勢も生まれてくるでしょう。これは誰にとっても大切なことです。

数学でも、物理でも、世界史でも、基礎的な学問というものは、概ねこうしたものだと思います。当面する生活の役には立たない面もあるが、人生に資するのです。（二〇〇一年）

＊

この考えは今も変わっていません。ただし、誤解してはいけません。学校で学ぶ知識がないと「知」を身につけられないとか、豊かな人生を送れないと言っているのではありません。社会の中で何十年と生きていく間に豊かな「知」は得られるでしょうし、魅力的な人間にもなるでしょう。それは、生き方の問題です。しかし、皆さんは知識から「知」へ進む道を選択した。だから、これを全うしようと努める必要があるということなのです。

秋の訪れ

夏の迷い鳥が、わたしの窓にきて、うたをうたい、飛び立つ。
そして、秋の黄ばんだ木の葉が、うたうでもなく、吐息まじりに舞い散る。
STRAY birds of summer come to my window to sing and fly away.
And yellow leaves of autumn, which have no songs, flutter and fall there with a sigh.

これは、ロビンドロナト・タゴールの詩集『迷い鳥』（川名澄訳、風媒社、二〇〇九年）の第一番目の詩です。

訳者の川名澄《きよ》さんは名古屋在住の方。以下は川名さんの「解題」を踏まえます。アジアで初めてノーベル文学賞を受けたインドの詩人タゴールは、大正五年（一九一六）、アメリカへ向かう途中、招かれて日本に数ヶ月滞在しました。この詩集は、その体験を素材とした三二六の短詩から成っています。巻頭には、滞在先の横浜三渓園（二一頁参照）の主、原富太郎への献辞が置かれています。

タゴールは来日当初、人気を博しました。ところが、日本の伝統文化と日本人の美意識・礼儀正しさ・勤勉さを讃える一方で、ナショナリズムの台頭と軍事力による植民地支配については厳しく批判したことから、非難の的になっていきます。しかし、彼は日本と日本人に愛情を持ち、そのありようを鋭く見つめていたのです。

人間の集団は残酷だが、個人は情け深い。（二一九）
真実の小川は、思い違いの水路を経由して流れる。（二四三）
正しくないものが勢力を伸ばしても真実に変わることはない。（二五八）

秋がやって来ました。時々、眼前の営みから目を離し、思いを少し遠くに馳せるのもよいでしょう。この数年の姿、未来の自分などへ。人生における現在の位置を確認し、落ち着いて自分のことを進めるために。

能「敦盛」

九月五日、豊田市で観世流の「敦盛」を観ました。能を観るのは久し振りです。これは、平家物語を素材としたいわゆる修羅物。一ノ谷の戦に敗れた平家は軍船で沖へ逃れます。愛用の笛を取りに引き返した敦盛は、源氏の武者熊谷次郎直実に追いつかれます。熊谷は難なく彼を組み敷きますが、兜の内を見て驚きました。

……年の齢《よはひ》十六七ばかんなるが、薄化粧して金黒《かね》なり。我が子の小次郎が齢ほどにて、容顔誠に美麗なりければ、何くに刀を立つべしとも覚えず。

(『鑑賞日本古典文学 第19巻 平家物語』角川書店、一九七五年)

助けようとして名を問いますが、この美しい公達は「名のらずとも頸を取って人に問へ、見知らうずる」と答えるのです。そこへ味方が迫ってきます。熊谷はやむなく首を取りました。このことで発心して出家します。蓮生法師です。

後年、敦盛を弔おうと蓮生は一ノ谷へやってきました。草刈りの男たちに出会うと、その一人が敦盛ゆかりの者だと名のります。ここで「中入」。その夜、蓮生が霊を弔おうと念仏を唱えていると、敦盛が当時の姿で現れます。往時を振り返り、戦の無念を晴らそうとしますが、念仏に救われて去っていきます。

シテの関根祥人は名人祥六の長男。姿、声ともによく、面《おもて》（この曲専用で小面に近い）もよく合って、貴公子敦盛を彷彿させました。刀を振るう修羅の姿から、刀を捨てて往生に向かう変化は見事でした。

季節の中で

台風が通過した後、電車が動くのを待って午後から出勤した帰り、米津橋（西尾市）を渡ると西から強く吹いてきます。矢作川は水かさが増したため、普段よりかなり川幅が広がって、よく見ると風で押し返されて表層が逆流しています。西へ向かう本来の流れもそれを許してはおかず、結局、川面は不定形な模様を描くことになります。向こうの空は橙色に晴れているのに、こちらは灰色に垂れこめて、その色を映した水面は気味悪く黒みがかっています。駅へ着いて電車の明るい車内に入るとほっとしました。

よく晴れた朝、欄干に寄りかかって水面を見ている人がありました。相当な高さがあって恐ろしいのですが。鳥か何かいたのかもしれません。

私が住んでいる集合住宅のもう一つの棟は、一部が金木犀《きんもくせい》の垣根で囲まれています。一〇月中旬ごろまでは、夕方、駅から歩いてくると、風に乗ってだいぶ手前から香ってきました。堀辰雄の「風立ちぬ」に次のような箇所があります。

そんな日の或る午後、(それはもう秋近い日だった)私達はお前の描きかけの絵を画架に立てかけたまま、その白樺の木蔭に寝そべって果物を齧じっていた。砂のような雲が空をさらさらと流れていた。そのとき不意に、何処からともなく風が立った。私達の頭の上では、木の葉の間からちらっと覗いている藍色が伸びたり縮んだりした。それと殆んど同時に、草むらの中に何かがばったりと倒れる物音を私達は耳にした。それは私達がそこに置きっぱなしにしてあった絵が、画架と共に、倒れた音らしかった。すぐ立ち上って行こうとするお前を、私は、いまの一瞬の何物をも失うまいとするかのように無理に引き留めて、私のそばから離さないでいた。お前は私のするがままにさせていた。

風立ちぬ、いざ生きめやも。

ふと口を衝《つ》いて出てきたそんな詩句を、私は私に靠《もた》れているお前の肩に手をかけながら、口の裡《うち》で繰り返していた。

（『風立ちぬ・菜穂子』ほるぷ出版『日本の文学　六七』、一九八五年）

「お前」とは主人公の恋人です。彼女はやがて病で転地療養に出、主人公が付き添います。「風立ちぬ、いざ生きめやも」という句は、ポール・ヴァレリーの詩から採ったということです。この句は少し意味がつかみにくいかもしれません。「立ち」が連用形だから「ぬ」は完了でいいとして、問題は「めやも」です。これは、推量の助動詞「む」＋係助詞「や」・「も」で反語を表します。例えば、「ささなみの志賀の大わだ淀むとも昔の人にまたも逢はめやも」（『万葉集』巻一　三一　柿本人麻呂。意味は、「志賀の大わだが変わらずに淀んでいても、昔の人にまた逢うだろうか、いや逢えはしない」）のように使います。これでは、

「いざ生きめやも」は「さあ、生きようか、いや生きはしまい」となって意味が通じません。文脈は生きることの肯定であるはずです。

これは、「同じものを中心《なから》には当たるものかは」（『大鏡』「道長伝」）を「同じ当たるにしても中心に（当たるものだろうか、いやそんなはずはない、それなのに）当たったよ」と解釈したのに倣《なら》うわけです。「め」（＝「む」の已然形）は、「いざ」との対応から「意志」と取るのがよいでしょう。そこで、「風が起こった。さあ行きていこう」と訳します。秋の風は、恐ろしくもやさしくも吹きますが、そこには再生への励ましが内在しているようです。

『一九八四』と『一Q八四』

ジョージ・オーウェルの『一九八四』（高橋和久訳、ハヤカワepi文庫、二〇〇九年）は、怖い話です。一九八四年の地球では五〇年代の核戦争を経て、三つの超大国が争いつつ拮抗しています。旧ヨーロッパと思われる「オセアニア」は、「ビッグ・ブラザー」率いる「党」が支配する全体主義国家。末端党員のウィンストン・スミスは真理省記録局に勤務し、歴史の改竄が仕事です。過去は現在に合わせて常に書き換えられ、人々の記憶もそのように仕向けられます。

職場では、毎日スクリーンに現れた「人民の敵・ゴールドスタイン」を罵る「二分間憎悪」が行われ、大声で罵ったかどうかを「思考警察」に監視されます。どこにも貼ってある巨大なポスターには、「ビッグ・ブラザーがあなたを見ている」とキャプションがついています。

自宅での行動も双方向スクリーンによって監視されます。言語は、思考できないほどに単純化された「ニュー・スピーク」に変えられていきます。心から屈従を強いる体制なのです。これに疑問を持ったスミスは、美しい女性党員ジュリアと恋に落ちて反政府地下活動に入ろうとしますが、露見します。監禁され、拷問を受け、結局は心から党に服する中で死を与えられます。この作品は、一九四九年に発表されました。

完璧に非情であからさまな「ビッグ・ブラザー」に比べると、村上春樹『一Q八四』（新潮社「Book1・2」二〇〇九年、「Book3」二〇一〇年）の「リトル・ピープル」は、韜晦《とうかい》された不可思議な存在です。人間の内部に入り込んでコントロールするという仕方は、早く『羊をめぐる冒険』（講談社、一九八二年）に現れます。「リトル・ピープル」は禍々しい存在ですが、人間を滅ぼしたり支配したりしようとしているのかは不分明です。死んだ山羊の口から出てきて「空気さなぎ」をつくり、そこから少女が生まれると予言する行為は、生と死を何らかの意味において媒介する存在であるようにも見えます。柴田勝二氏は次のような見方をしています。

「空気さなぎ」に語られる「リトル・ピープル」の様相が示すものは、明らかに文学作品の生成の寓話です。作家はしばしば〈死んだ者〉すなわち過去の人物や出来事を素材として、そこから紡ぎ出された糸を縒《よ》るようにして小説や戯曲を作り出し、そこに自己の分身を込めます。

したがって「リトル・ピープル」とはこの次元においては、作品を構成する言葉ないしそこにはらまれた〈言霊《ことだま》〉のことにほかなりません。

（『村上春樹と夏目漱石—二人の国民作家が描いた〈日本〉』、祥伝社新書、二〇一一年）

「言霊」という見方は面白いと思います。言葉自体に意思はありませんが、その組合せは何ものをも成しえます。「リトル・ピープル」には世界を支配し、人間を方向づけようとするはっきりとした思想はないようです。彼らは無意思のようであるから多義的で、現代人が持つ不安に乗じて「悪」をも生成するのです。

出会えないはずの主人公たちを結びつける「一Q八四年」の世界は、現実と交差しつつその裏側に広がっている空間のように見えます。それは、そもそも一人の少女が構想した物語＝「空気さなぎ」を展開する舞台装置だったのでしょうか。

秋の色

秋が深まると、柿の朱色が真っ青な空との対比を見せます。

山は紅葉です。愛知県の名所、香嵐渓*では、飯盛山の頂から裾へと色調の異なるカエデが層を成します。その紅が山をめぐる巴川を染め、在原業平の古歌を彷彿させます。

ちはやぶる神世も聞かずたつた河から紅に水くゝるとは
（『古今和歌集』 巻五 秋下 二九四）

「ちはやぶる（千早振る）」は「神」にかかる枕詞、「から紅（唐紅《からくれなゐ》）」は深い紅色を言います。「くくる」は「括り染めにする」または「（水の流れの下を）潜る」の意です。

実はこの歌は、詞書に「二条后の、春宮の御息所《みやす》と申ける時、御屏風に、竜田河にもみぢ流れたる形《かた》を書けりけるを題にて、よめる」とあって、実景を見て詠んだのではないことがわかります。百人一首にも採られています。たつた河（竜田川）は奈良県生駒郡を流れ、三室山の麓を通ります。紅葉の名所で、後に能因法師*は、

あらし吹くみ室《むろ》の山の紅葉ばは竜田の川の錦なりけり

（『後拾遺和歌集』巻五　秋下　三六六）

と詠んでいます。これも百人一首の歌です。「けり」は助動詞で、現前に在る事実に今気づいて感嘆する意を表します。

紅葉は、美しいばかりでなく、はかなく悲しいイメージと結びついてもいます。柿本人麻呂は次のように詠みました。

秋山の黄葉《もみち》をしげみ惑《まと》ひぬる妹《いも》を求めむ山道《やまぢ》知らずも

（『万葉集』巻二　二〇八）

黄葉《もみちば》の散り行くなへに玉梓《たまづさ》の使ひを見れば逢ひし日思ほゆ　（『万葉集』巻二　二〇九）

初めの歌は、「秋山の黄葉が茂っているので、迷い込んでしまった妻を捜しに行く山道がわからないなあ」の意です。万葉集では一般に「黄葉」と表記されています。カエデの赤よりも黄色くなる葉が目立ったのかもしれません。「黄葉をしげみ」は「名詞＋間投助詞＋形容詞の語幹＋接尾語」の形で原因・理由を表すのでこのように訳します。「も」は詠嘆を表す終助詞です。

二番目の歌は、「黄葉が散りゆくのと共にやってくる使いを見ると、（便りを持った使いが来て）妻と逢った日が思い出される」と訳しておきます。「なへ」は上代に用いられた接尾語で動作や状態の並行を表します。「思ほゆ」は、「思は」に上代の助動詞で自発を表す「ゆ」がついた「思はゆ」が変化した動詞です。「し」は回想の助動詞「き」の連体形、「玉梓の」は枕詞。便りを運ぶ使者が梓の杖を持っていたのが由来とされています。

これらは、「柿本朝臣人麻呂、妻死して後に泣血哀慟して作りし歌二首」という詞書のある二首の長歌の、一首目に付属する短歌です。この一首目の長歌には、「沖つ藻のなびきし妹は　黄葉の　過ぎて去《い》にきと　玉梓の　使ひの言へば」という句があります。

「沖の藻が靡き寄るように睦み合ってきた妻は、黄葉が散るように逝ってしまったと、使いの者が言うので」というほどの意味です。「の」は比喩を表す格助詞、「に」は完了の助動詞「ぬ」の連用形です。この、「黄葉の過ぎて去にき」にはさらなる含意、すなわち山一面の黄葉の中に紛れ込むように姿を消してしまった妻のイメージを読み取ることができます。このイメージは「秋山の黄葉をしげみ惑ひぬる妹」につながり、「妹を求めむ山道知らずも」という人麻呂自身の嘆きに結ぶのです。

つまり、初めの歌（二〇八）には妻の思いがけぬ死に遭遇した狼狽と悲しみが、二番目の歌（二〇九）には妻と親しんだ日々への追憶とそれゆえの喪失感が歌われているわけです。そこに、黄葉が介在しているのです。

私の遠い記憶に、悲嘆は伴わないものの、紅や錦とも無縁な秋山の景があります。幼い頃、母が外で仕事をしたので、祖母が私の面倒を見ていました。働き者で、裁縫も上手でした。祖母はよく、乳母車に熊手と私を乗せて、近くの山へ「ごかき」に行きました。「ご」は落ち葉（松葉など）、「ごかき」は「ご」を熊手で掻いて集めることです。「くど」（かまど）の焚き付けに使うのです。私は、所在なく眺めていた晩秋の茶色や山に沿う川の小さく渦巻くような流れを今も思い浮かべます。それは、寂しさというものの私にとっての原風景だったとも思われます。

帰りには香ばしい松葉で乳母車が一杯になりました。少しちくちくしました。祖母は私の無条件の庇護者であり、その傍らで私は安らかにしていられました。

幼い日の記憶はあやふやで実際とは異なるのかもしれませんが、私の一部にはちがいありません。

＊香嵐渓　愛知県豊田市足助町にある渓谷。愛知高原国定公園の一角。
＊能因法師　平安中期の歌人。俗名は橘永愷《たちばなのながやす》。各地を行脚した。歌集に『能因集』。
※歌及び詞書の表記は、『新日本古典文学大系』（岩波書店）の『古今和歌集』（一九八九）、『後拾遺和歌集』（一九九四）、『万葉集二』（一九九九）に拠った。

気になる言葉

この数年、政治家の発言に、「しっかりと検討して……」「しっかりと対応して……」「しっかりと実行して……」など「しっかりと」の多用が目立ちます。

これは、強い意志を示したいという気持ちの表れかもしれません。しかし、あまり何度も言われると、形式的に用いている、あるいは意志が空回りしているような印象を受けてしまいます。さらに、「本当は自信がないのではないか」という疑念をさえ抱きかねません。一般に、強い覚悟を秘めている場合は抑制された表現を選ぶと思います。政治家は国民に向けてのアピールが必要ですから、黙って実行するというわけにはいかないでしょう。ならば、もっと言葉を大切にする必要があります。本気で考えて実行しようとしているなら、その気持ちは人々の心を動かす言葉となって表れるはずです。

テレビのニュースで、アナウンサーが「不透明」と言います。政策などの効果がはっきりしない、実現の見通しが立たないという意味合いで用いられています。実際、効果が完全に保障された政策などはそんなにはないでしょうから、「不透明」という表現は間違いではないのかもしれません。

「政府は○○という政策を進めることになりましたが、その効果は不透明です」とアナウンスした場合、この報道から伝わるメッセージは何でしょう。政府はある政策を推進するという方針を発表したはずです。しかし、このアナウンスは、政府が発表した方針は効果がないかもしれないという「判断」を言明しています。そしてそれは、そのアナウンサー、というよりも原稿を書いた人間、つまりは放送局自体の判断にほかなりません。

「報道」の語義は、「出来事を広く告げ知らせること」（『岩波国語辞典』第六版）です。放送局の判断や見通しを知らしめることではありません。私たちは事実を知ろうとしてニュースを見ますが、「不透明」という判断を聞かされてそのような先入観をもってしまう可能性があるわけです。テレビ局の姿勢は問題だと思いますが、視聴者の注意深さも大切です。

また、「ニュース解説」というものがありますが、これも放送局の判断ではなく、野党の意見や識者の見解、アンケート調査の結果などを紹介して視聴者の判断を助けることが目的であると思います。

二〇一一年の国会審議で、「スピード感をもって進めていきたい」と答弁していました。東日本大震災への対応に関わって、「スピード感」という語が目につくようになったと感じています。「スピード感をもって進める」とはどういう意味でしょうか。「速く進める」ということを強調したのかもしれません。しかし、「感」は「そういう感じ」ということです。実際はともかく、印象がそうだということです。すると、この答弁は、「速く進めているると見えるようにやっていきたい」という意味を表明したということになります。

運動会の徒競走で、子どもが一生懸命頭を振って走っている。彼は、速く走っているつもりです。しかし、結果は思わしくない。なぜだろうと、彼は思います。何度かこういう経験をするうちに、自分は足が遅いのだと自覚して競争を忌避したくなる。これは、逸《はや》る気持ちが実際的に効果的な方法—頭ではなく手を振る、腿を高く上げるなど—に結びつかなかったのです。

政府は、決意を述べたり組織を作ったりして速やかに事に当たっていると思っています。しかし、国民から見るとそんなに捗ってはいない。「スピード」を増すにはもっと別の方法—指揮系統を見なおす、組織の構成を吟味する、発想を転換するなど——があったかもしれないのです。

いや、為政者はしたたかなのかもしれません。速く進めることはもとより困難だと分かっている。それで、少なくとも速く進んでいると見えるようにしようとする。そこで、「スピード」ではなくて「スピード感」と言った。これなら、実際に速く進まなくても嘘をついたことにはなりません。

書くということ

学生の中には、文章を書くことが苦手だと考えている人がいるようです。苦手ではないが面倒だという人もいると思います。理由は、言葉が出てこない、文章の書き方が分からない、書く必要がないなどということらしい。

そういう人も常に何かを考えてはいます。それは言葉によって行われていると考えられます。自分の「考え」を意識するということは、脳とか心とかそういう内部に生じたそれを一度外に出すこと、つまり対象化する、客体化するということですが、これは言葉によって行うしかないからです。また、そうして自覚された「考え」、つまり言葉は、また次の考え＝言葉を生み出していきます。ですから、誰もが常に言語化＝表現活動を行っていることになります。「言葉では言い尽くせない」と言うことがありますが、これもすでに表現なのです。

自分の考えは会話で表明することができます。書かなくても話せばいいわけです。しかし会話は、ふつうは断片的なその場限りの言葉なのですぐに消えてしまいます。記録に残したり、まとまった考えを述べる場合は、まとまりをもった構成された言葉で語られる必要があります。それは文章化するということです。私たちは刹那的な会話ばかりで生活しているのではありません。つまり、さまざまな場面で文章化の作業を行っているわけです。

文章を作るのは特別なことではありません。生活に深く関わる行為なのです。だが、そうと分かっていても文章を書くのは少し面倒なことかもしれません。学生の場合は、今後あらたまった文章を書く機会が多くなると思います。意識して文章を書く、表現について学ぶということが必要です。

肝腎なのは、スポーツや稽古事が反復練習を大切にするのと同じで、たくさん書く、書き慣れることでしょう。伝えたいと思うことを、よく考えつつ書く。書き続けることです。この姿勢に立った上で、「文章の書き方」といったテキストで学習するとよいと思います。

基本は、「何をどのように書くか（目的・結論とそこに至る展開・構成）」を考えて書くことです。また、「言葉で考えている」のですから、語彙が豊富であればその分、思考が広がり、深まるはずです。ただし、難しい語を多用することを勧めるわけではありません。

さらに、どんな文章でも書いた人の人間性が反映されるので、常に自身のあり方・生き方を省察する態度も大切です。

晩秋の古道

奈良の「山辺の道」をハイキングしました。ほんの一部、天理市の長岳寺から桜井市の大神《おおみわ》神社までの六㎞ほどです。田の畦のような箇所や民家を縫う私道のような部分もあって分かりにくい道ですが、途中には崇神天皇や景行天皇の古墳もあって「日本最古の街道」としての風格が感じられます。山裾に沿うように曲がりくねった角を経るごとに風景が変わり、山が現れたり、畑に出たり、開けて遠くに平野が望まれたりします。雲が流れる青空の下、山々の紅葉、ススキ、そして枯れ草を焼く煙が印象的でした。

味酒《うまさけ》　三輪の山　あをによし　奈良の山の　山のまに　い隠るまで　道の隈《くま》
い積るまでに　つばらにも　見つつ行かむを　しばしばも　見放《みさ》けむ山を
心なく　雲の　隠さふべしや　（巻一　一七）

歌意は次のとおり。三輪の山は、奈良の山の間に隠れるまで、道の曲がり角が幾つも重なるまで、（私たちが）十分に見ながら行こうとするのに、何度も眺めようとする山なのに、無情にも雲が隠してよいものか。

三輪山をしかも隠すか雲だにも情あらなも隠さふべしや　（巻一　一八）

こちらは、「三輪山をそのように隠すのか、雲でさえも思いやりがあってほしい。隠してよいものか」といった意味です。

これらは、額田王の長歌と反歌です。天智六年（六六七）近江への遷都に当たって、中大兄皇子に代わって儀式で歌われた儀礼歌とされています。三輪山は山そのものがご神体で信仰を集めていましたが、祭神の大物主神は祟りをするので朝廷は厚く祭っていました。そこで、この歌は、「遷都によって再びまみえることのできなくなる三輪山を『見る』ことによってその天皇霊を中大兄の身に付着する（タマフリ）ための呪歌」（有斐閣新書『注釈万葉集〈選〉』橋本達雄）と考えられているのです。しかし、これはまた、額田王個人の大和への思いをよく伝える「文芸的・抒情的」（橋本氏）な歌でもあります。

＊歌の表記は『新日本古典文学大系　萬葉集一』（岩波書店、一九九九年）に拠った。

「羅生門」に登場する「作者」

高校の国語で「羅生門」を読んだ人は多いと思います。芥川龍之介が学生時代に発表した処女作とも言える作品ですが、表現は細部まで配慮が行き届いています。

例えば冒頭場面のキリギリス。平安時代の都、行く当てもない一人の「下人」が、夕刻、羅生門*1の下で雨がやむのを待っています。そこに登場します。

広い門の下には、この男の外には誰もゐない。唯、所々丹塗《にぬり》の剝《は》げた、大きな円柱《まるばしら》に、蟋蟀《きりぎりす》が一匹とまつてゐる。*2

「蟋蟀」はコオロギの古い言い方です。ちょっと唐突に見えますが、キリギリスを出したことで人間はもちろん、犬も猫もいない、文字どおり「誰もゐない」ことが鮮明になります。作者は下人一人を羅生門に留め、都と門の荒廃のありさまを語り、彼の絶望的な立場を示します。
下人が、現状打開に向けて考えをめぐらし、明日の暮らしのために「盗人になる」気持ちを半ば固めて立ち上がった時、その蟋蟀までもいなくなっていました。

丹塗《にぬり》の柱にとまつてゐた蟋蟀《きりぎりす》も、もうどこかへ行つてしまつた。

そこには、下人の物思いに相応の時間が流れたのです。下人は、キリギリスさえも存在しない、漆黒の闇に残されます。そして、やがて門の楼上であの老婆に遭遇するのです。

「蟋蟀」の効果は、「が」と「も」の適切な使い分けと相俟って鮮やかです。

ところが、一方で、「旧記によると」や「作者はさっき」など、不用意に舞台裏を曝すかのような表現が見られます。特に、「作者」が顔を出し、自身の表現の吟味を行う次の箇所はどう受け止めたらいいのでしょうか。

作者はさつき、「下人が雨やみを待つてゐた」と書いた。しかし、下人は雨がやんでも、格別どうしようと云ふ当てはない。ふだんなら、勿論、主人の家へ帰る可き筈である。所がその主人からは、四五日前に暇を出された。前にも書いたやうに、当時京都の町は一通りならず衰微してゐた。今この下人が、永年、使はれてゐた主人から、暇を出されたのも、実はこの衰微の小さな余波に外ならない。だから、「下人が雨やみを待つてゐた」と云ふよりも「雨にふりこめられた下人が、行き所がなくて、途方にくれてゐた」と云ふ方が、適当である。

「羅生門」の発表は大正四年ですが、当時は、主流の自然主義（私小説）に反発してさまざまな思潮が現れています。雑誌「新思潮」を仲間と創刊した芥川は、人間を理知の眼でとらえ、芸術至上主義的な表現を追究しました。彼は、内容と形式が不可分に結びついた表現が小説であり、それを支えるものが技巧であると表明しています[*3]。そういう作家において、何らの意図なしに「作者」の挿入が行われたとは思えません。

高校の授業では、次のような応酬がよく見られます。

問「なぜ作者が登場するのか」

答「下人の状況を正確に説明するためだ」

問「ならば、なぜ初めから『雨に降り込られた下人が……』と書かなかったのか」

答「都の衰微という、下人が途方に暮れる背景を別に説明する必要が出てくる」

問「始めに背景を説明してはまずいのか」

しかし、これらは書き換えについての議論であって、「作者」の登場の意味を説明するものではありません。そこで、「作者が出てきたことで何か言えることはないだろうか」と問うと、

「作者と下人は別人だとわかる」

「作者が読者に近づいた感じがする」

「作者が読者と一緒に下人の行動を眺めている」

などという反応が出てきます。

作者本人の発言はありませんが、私の考えはこうです。

まず、作者の存在を明示することはこの話が虚構であるということを印象づけます。そして、作者の介在は主人公を読者から遠ざけます。つまり、主人公は対象化され、読者は主人公を客観的に見る視座に置かれます。下人に感情移入し始めていたかもしれない読者は、ここで突き放されるのです。自身の体験を記述する私小説とは異なる姿です。[*4]

＊1　羅城門のこと。羅城とは都を囲む城壁の意。古くは「ラセイモン」と読んだという。中世に謡曲「羅生門」（観世信光作とされる）が作られてから、この表記が広まったようである。

＊2 『筑摩現代文学大系24』「芥川龍之介集」による。以下、本文は同じ。
＊3 『芥川龍之介全集　第三巻』所収「芸術その他」岩波書店
＊4 柴田哲谷「芥川龍之介『羅生門』─「作者はさっき……」について─」『月刊国語教育二〇〇八年一二月号』東京法令出版

「させていただく」考

以前に、「させる」の誤用について次のように書きました。

＊

「そこへは私が行かさせていただきます」などという言い方を、この頃よく耳にします。これは文法的には間違った表現です。「せる」「させる」は使役の助動詞ですが、「せる」は五段活用・サ変活用の動詞に接続し、「させる」はそれ以外の動詞に付きます。「行く」は五段活用ですから、「行かせる」が正しい表現です。

私は、こういう誤用が出てきたのは、謙譲の敬語として、「せる（させる）＋て＋いただく」の形が多用されるようになったからではないかと推測しています。この形は、「使役の助動詞＋接続助詞＋謙譲の補助動詞」という組成で、「自己がある動作をするのを、他人に許してもらう」（『大辞泉』）という意味を表します。例えば、「私が行かせていただきます」は、「私はあなた（相手）のお許しを得て行きます」と言っているわけで、この表現は「あなた（相手）」を立てていることになります。

しかし、これが、「君が行ってもいいよ」とか、「君に行ってもらいたいのだが」という言葉やそれに類する背景がないままに使われた場合はどうでしょう。「私が行く」ことに加えて、それを「あなたが許可している」ことまでもが、「私」の意志に組み込まれ、押し出されることになってしまいます。「いただきます」の効果もあって謙譲表現のように見えますが、使われる状況によっては、この表現は、相手の意志を無視した傲慢な言い方になるのです。こういう表現を、押しつけがましく感じている人も多いと思います。冒頭の例は、「私が参ります」とするのが適切です。謙譲表現としては、「いたします」・「まいります」を使いたいものです。（二〇〇三年）

＊

五段活用動詞に「させる」を付けるのはともかく、「させていただく」は、今も敬語として多用されているようです。

『朝日新聞』（二〇一〇年九月四日）に「読者アンケート」（四二〇二人）の結果として、「させていただく」を「変だ」「どちらかといえば変だ」と感じる人が五五％（一九％＋三六％）、「変じゃない」「どちらかといえば変じゃない」と感じる人が四五％（一六％＋二九％）という数字が出ていました。

前者の場合、政治家・アナウンサー・タレントなどが使っているのが気になるとする一方で、四〇％は自身も使ったことがあると答えています。後者の場合は、「ていねい」「使い慣れている」というのが主な理由です。立場にかかわらず、「ドアを閉めさせていただきます」（電車）、「〇〇円、預からせていただきます」（店）、「（ポリ袋を）ご用意させていただいてよいでしょうか」（店）、「賞を取らせていただきました」（スポーツ選手）などが「気になる使い方」として挙げられていました。

同紙面で、言語学者の北原保雄氏は、「相手の許可を得て、自分が恩恵を受ける」場合に使うのが本来の用法だが、「許可を得る相手がいない、または漠然としている場合には慇懃無礼に」聞こえる、また、多用の背景には「断定的に言い切ることを避けたがる風潮」があると指摘していました。

言葉はヴィヴィッドに生起し、消長します。文法はスタティックな法則ではなく、言語活動から帰納されるのです。多くの人びとが日常的に使用する語彙や語法が、時間と共に規範として定着していきます。

社会言語学者の田中克彦氏は、次のように書いています。

ことばにおけるまちがいは、話し手個人が「思わず知らず」起してしまうまちがいだから、その方がむりをして保っている規範よりは、はるかに言語の本性を示していることになる。規範はいわば法律であって、ものごとの本性にもとづく法則ではない。こう考えると、「思わず知らず」犯してしまう誤りの方に言語本来の生命《いのち》がある。この生命の発露である誤りこそが、これから変化して行くであろう言語の未来を予測して行く手がかりになり得るのである。(『ことばとは何か』ちくま新書、二〇〇四年)

もっともな見解です。しかし、特に公的空間においては、まずは現在の語彙・語法に従うべきでしょう。もちろん、創造的な活動としてそれを超えようとすることは結構です。言葉は私たちの生活と思考の基盤です。日本語への繊細な視線と柔軟な態度を保ちたいものです。

うだつの上がる町

師走の日曜、暖かい日差しに誘われて長良川鉄道に乗りました。美濃市は、江戸初期、長良川を見下ろす高みに金森氏が拓いた町。目の字に仕切られた街並みは、類焼避けの卯《う》建《だつ》が有名です。

この地は、千三百年も前から国が管理する紙産地でした。今も、多くの店がおびただしい種類の和紙を商っています。宏壮・堅固な屋敷に水琴窟を配した紙問屋には、豪商の気構えと雅な精神が窺えます。百メートルを優に超える奥行きの造り酒屋は重文で、緩く湾曲した屋根に沿う卯建が上品です。ここは餅つきの最中でした。新酒を求めました。少し先まで乗り、駅に併設された温泉に入ってビールを飲みました。こうして世相と日課から時々離れています。

卯建

iv

大学という場の中で

大学は専門知識を与えると同時に、一人の大人としての、そして専門の基礎ともなる教養を身につけさせるという目標を持った組織です。教員は全力で教え、学生はひたむきに学ぶ、そのような場です。

そしてまた大学においては、学生であれ教員であれ、変転し続ける社会に生きる人間として、何を進め何を慎むべきかということについての、つまりは信奉する価値や目標自体に対しての、不断の問い直しがなくてはならないと思います。そこに、学生と教員という立場を超え、同じ現代社会に生きる人間として互いに深まっていく可能性が生まれるでしょう。

学生の皆さんは自分たちがこのような立場にあることを意識してほしい。皆さんには学校を見、社会を見る視野が開けているのです。そこではもちろん、自身への問いかけと実践がなくてはなりません。

一例を挙げます。教室では目立つのを嫌ってか、指名されない限り発言しようとはしません。知識を身につけるという目的にのみ沿うなら、これはさしたる問題ではないでしょう。しかし、四年もの間、皆さんが常に与えられ指示される存在として学ぶのであれば、その姿勢は総体として受け身的になっていくはずです。やがて就く仕事の場においても社会生活においても、その姿勢のままでは済まないことに気づいてほしいと思うのです。仕事を円滑に進めたり、評価を得るという観点のみから言うのではありません。

職場など一般の組織において、個々の構成員が外部の視点からそのありようを問い返したり、組織の存在意義自体を問題にするというようなことは、あまりないと思われます。むしろそれは当面する問題の解決から遠い迷惑なこと、もしくは非現実的な理想論として排除されがちではないでしょうか。学校でも一般の組織でも、その日常はプラグマティズムに傾斜しやすい。だから、問い返しと思考が大切であり、それができる姿勢を作ってほしいのです。

加藤周一氏を偲ぶ

加藤周一氏が亡くなりました。享年八九歳。二〇〇八年一二月六日付『朝日新聞』夕刊一面に、経歴や著作の紹介と併せて、「文化、芸術だけにとどまらず、常にリベラルな立場から、核問題や安保問題などの現実問題にも積極的に発言し続けた」との解説が載りました。浅田彰氏*が次のコメントを寄せています。

最後の正統派知識人だった加藤さんの死で、「基準」が失われたことをあらためて痛感する。戦前・戦中の日本が情緒に流されたことへの反省から、加藤さんは徹底して論理的であろうとした。見事に一貫した生涯だったと思う。

同じ夕刊の解説記事には、東大病院で東京大空襲の被災者を不眠不休で治療し、また敗戦後「原子爆弾影響合同調査団」の一員となって惨状を目の当たりにした体験が紹介され、これに「知的な人々の主張が突然変わり、多くの命が消えた戦中。多くの街が灰燼に帰し、多くの人々が飢えた戦後。そのすべてが、自らの生涯を左右した」という本人の述懐が続いています。生涯を貫くリベラルな姿勢の原点です。加藤氏はまた、西欧の文学や思想への造詣やフランス留学などのヨーロッパ体験によって、日本を「外」と「内」の双方から眺める視点を獲得しました。これが、日本の文化を「雑種文化」と見抜く素地になります。同じ欄の「評伝」(編集委員筆)は、多くの大学で教えながら客員の立場を保ち、イデオロギーからは距離をおいて、権威ぶらずどんな人とも分け隔てなく話した「自由」人としての姿を伝えています。翌日の朝刊では、大江健三郎氏が長文を、井上ひさし氏が談話を寄せていました。

私も三〇年来、『羊の歌』『日本文学史序説』『言葉と人間』『日本人の死生観』『山中人閒話』『夕陽妄語』『私にとっての二〇世紀』『日本文化における時間と空間』といった著作を通して教えられ、考えさせられてきました。高校の授業でも、「日本文化の雑種性」「日本の庭」(教材名)を何度も扱いました。たしかに「基準」というべき存在でした。

六日の夕刊には、作曲家遠藤実氏の逝去も載っていました。昔、「高校三年生」をよく歌いました。

＊浅田彰　批評家。『構造と力　記号論を超えて』（一九八三年）など。

佐保路の寺

暖かい晴天の日、バスで奈良へ行きました。とりあえず最終日の「阿修羅展」をと思い、興福寺へ行ってみると、三時間半待ちの行列でした。そこで、登大路を渡って女子大を抜け、佐保路を不退寺へと向かいました。元は平城天皇の「萱御所《かやのごしょ》」。孫の在原業平が寺にして、ここで一緒に暮らした父の阿保親王を弔ったといいます。正式には「不退転法輪寺」。紅葉が、広くない境内を埋めるほどでした。参詣者は数名。穏やかな、静かな雰囲気です。本堂に住職がおられ、説明をしてくださいました。本尊は、業平自らが刻んだという聖観音菩薩。頭の両側にリボンのようなものが見え、光背が蓮の花であるところが独特な感じです。「業平格子」と呼ばれる菱形の二重格子も印象的でした。

平城天皇は譲位後、ここで平城遷都を図り、薬子の変（平城太上天皇の変）を招きました。この地が平城宮の東北（丑寅）＝鬼門に位置するところにも、旧都への思いを感じます。

この後、一条通を西へ向かい、海龍王寺と法華寺を見ました。藤原不比等邸跡に隣接して建つ、いずれも光明皇后発願の寺です。海龍王寺の崩れかけた築地は、三〇年以上も前に見たそのままで、緑葉の古木と一群の紅葉がひっそりとした空間を作っています。この寺は、宮の北東隅にあって隅《すみ》寺とも言われました。初代住持は聖武天皇に重用された玄昉。遣唐使船が暴風雨に遭った際、「海龍王教」を一心に唱えた彼の船だけが助かったということが、寺の資料に見えます。

総国分尼寺であった法華寺は、ゆったりと落ち着いた佇まいで、本堂を挟んで東西に趣の異なる庭が配置されています。皇后が民に施した風呂もありました。海龍王寺と法華寺の本尊は十一面観音で、前者は皇后が自ら刻んだ像を基に造られ、後者は皇后をモデルとして刻まれたと伝わっています。

海龍王子

ふじはらの　おほききさきを　うつしみに　あひみるごとく　あかきくちびる
（会津八一：歌碑）

午後の寺は、木々の葉が微風にゆれ逆光に輝いて、時間が静かに流れていました。

価値観を問い直す

冷たく引き締まった大気の中に美しい陽が昇り、新年となりました。希望をもって生きられる一年であってほしいと願わずにはいられません。

一日の間に同じニュースが何度も繰り返されます。数日間同じ趣旨のニュースが流れ続けます。そのうち全くテーマにならなくなる。知らず知らずに人々の認識が平準化され、考えが固定します。私たちはそんな社会を生きています。

不況だ、企業が大幅な赤字だ、派遣社員・期間工の整理だというニュースが連日流され、そういうものかと思い、要するに景気が回復すればいいのだなという認識が共有されます。

不況で購買力は低下し、円高で輸出企業は苦しみ、下請け企業などの倒産が相次いでいます。自動車製造やＩＴ・家電産業などは雇用への影響も大きく、これらが傾くと大変なことになるので、救済策が講じられるでしょう。政府は人々の生活を保障する責務があります。

しかし、単に景気を良くする、傾いた経営を立て直すということでなく、これを機に生き方、価値観、産業構造を変えることを考えるべきかもしれないと思うのです。憲法に言う「健康で文化的な生活」とは何なのか。機会は過去にもあったのです。七〇年代の二度のオイルショック、九〇年代初頭のバブル経済崩壊……。危機の中から低燃費・低公害の自動車が生まれたり、生活の質を見直したりする動きが出ました。ところが、その都度、いつの間にか大量消費志向へ戻ったのです。人々が物質的な満足を幸福ととらえる意識から抜けられなかったのか、あるいは利益率の大きい大型車の需要を自動車会社が促進したのか、アメリカ発のグローバル化を政府が主導したのか、原因は定かではありませんが。資本主義下での「発展」とは、どこまでも経済規模を大きくする、つまり生産と消費を拡大し続けるという意味であるかのようです。

朝、通勤のために歩いて橋を渡っていると、赤信号で何十台という車が列を作ります。

三〇〇m近く（約四〇〇歩）もある橋を埋め尽くすほどの台数です。ほとんどが自家用車で、一人乗車。風通しのよい橋上でも排気ガスが臭います。車中の人は何を思っているのでしょう。渋滞をいやだなとは思うが、車で通勤すること自体を問うことはないのでしょう。駅が遠いなど物理的な条件があるのかもしれないが、そうでない人もいるに違いない。燃費の問題もありますが、そもそもガソリンエンジン自体のエネルギー効率が良くないのに、必要を超えたパワーを持つ大排気量のマシーンを一人の通勤のためだけに使っている。自動車を作るためには膨大な部品とエネルギーが投入されます。自動車会社は多くの関連会社を擁し、雇用を創出しますが、自動車そのものの得失がどれほど顧慮されているのでしょう。

車の長い列は、これから何十年も続くのでしょうか。鉄道やバスが通っていない地域が多いにしても、人々の意識が、交通システムの開発・充足へ向かわずに道路と自動車へ集まるのはなぜなのか。政党の訴え、企業の宣伝、マスコミの言説を無意識的に何度も受け入れるうちに、人々の思考が方向付けられ、固定化してしまったのかもしれません。

企業間の意思疎通＝商談にはよくゴルフ場が使われてきました。最近では費用が安くなったので、通勤の渋滞と日々の労働に疲れた人々もゴルフをするようです。この頃はやや下火になりましたが、若者はスキー場へ出かけます。スポーツの楽しみは自然の中で自在に身体を動かす心地よさにあるでしょう。しかし、滑走コースやリフトが作られて山の形状が変わり、ゴルフ場を造成するために森が切り開かれ大量の農薬が散布されています。自然の醍醐味を苦労なく楽しめるように、自然を造り替えているのです。これは倒錯した姿なのではないでしょうか。哲学者の内山節氏は次のように言います。

……哲学はただ人間を研究するだけでなく、人間が未来に向かって変わっていくときを問題にしているということだ。哲学がみているのは自己変革をとげていく人間だと思う。だから哲学はこれからの僕たちの生き方そのものでもあり、美しい生き方を探し、美しく生きることのできる社会をつくるための学問でもあるということだと思う。

（『哲学の冒険』平凡社　一九九九）

明治維新以来、私たちが目指してきた近代化とは何だったのか、問い直す必要がありそうです。

年初には文明論的な問題へ思考が向かうようです。

食べること、文化の姿

何のために生きるかということを、普段意識することはありません。しかし、幸福な人生の具体的な姿として、健康で楽しく暮らす日常をイメージするのは自然です。楽しく暮らすとは、単純化して言えば、おいしく食べ、よく働き、気持ちよく眠るということでしょう。

「おいしく食べる」とは、一般においしいとされているもの、例えば特定産地のマグロとか高級な牛肉を食べるということとは違います。景気が良かった頃に、グルメという言葉が使われ、お金持ちも普通の人もマスコミがもて囃す店を巡るという風潮がありました。(今も続いているかもしれません。)何かの記念日などにちょっと贅沢をするということはあるでしょう。しかし、有名店巡りは「おいしく食べる」ことと関係がありません。

食べることは個人的な行為であり、誰でも普段、何かをおいしいと思って食べていると思います。一般に濃い味は、味覚を刺激し、おいしく感じられやすいようです。それで、インスタント食品などは化学調味料によって味が濃くなっているのでしょう。

先日テレビを付けたら、老夫婦がライトバンで旅をするドラマ（ＮＨＫ「みちしるべ」一九八三年）をやっていました。妻（加藤治子）は病身です。海辺で夫（鈴木清順）がカレイか何かを焼きます。妻はそれを食べてちょっと焼酎を飲み、「何も言うことない」と言います。おいしそうでした。

何をおいしいと考えるかは、文化の問題でもあると思っています。私の家では、正月に「お節《せち》」を作ります。コンニャク、レンコン、ゴボウ、里芋、椎茸、人参、絹サヤを別々に出し汁で煮る「煮しめ」が基本です。海老を開いて形を作り、海老の擂《す》り身を載せて二色卵で飾って蒸した「宝船」、三角に切った高野豆腐に海老を叩いたものを詰めて煮たもの、カボチャを煮て潰したものと鶏の挽肉を二層にして型押しした一品、卵の白身と黄身を二層にした「二色卵」、鰤の照り焼き、栗きんとん、昆布巻き、大根・人参・椎茸・レンコンを

おせち料理

細かく刻んで酢であえた膾《なます》、黒豆、タックリなど十数品を作り、重箱に詰めます。

二十年以上も続いていています。素朴ではあるが、おいしいと思います。家の味として定着していて、子供たちもこのお節を好むようです。酒にもよく合い、これで一年が始まるのはうれしいことです。

食べ物を味わう、酒をおいしく飲む、着物を楽しんで着る、桜や紅葉や月を眺める、新緑の野山を歩く……、これらは私たちの文化です。大切にしたいと思います。

二月の景

歌人上田三四二氏の『短歌一生』（講談社学術文庫、一九八七年）という本に、冬の生活をテーマにした良寛の長歌と反歌が紹介されています。

あしひきの　国上《くかみ》の山の冬ごもり　日に日に雪のふるなべに　行き来の道のあとも絶え
ふるさと人《びと》の音もなし　うき世をここに門鎖《かどさ》して　飛騨のたくみがうつ縄の

ただひとすぢの岩清水　そを命にてあらたまの　ことしのけふも　暮らしつるかも

＊筆者注　「なべに」は「～につれて、～とともに、～するその時」の意。

反歌

さよふけて岩間の滝つ音せぬは高根のみ雪ふりつもるらし　良寛

上田氏は次のように言います。

何はともあれ声に出して読んでみたい。詩の言葉の襞《ひだ》がしっくりと胸になじむまで、繰り返して読んでみたい。詩のリズムが力を増し、リズムが哀音《あいいん》をともなって訴えるように流れ出せば、この詩のおもむきは、味わい取られたのである。

私には、厳しい環境をむしろ楽しむように泰然と生きる姿が浮かんできます。良寛さんは静かに耳を澄まして春を待っているのです。三河の気候は越後の冬とは比べようもありませんが、やはり春は待望されます。

内にエネルギーを貯めながら飛躍に備える時期というものが、人間には時折必要なのかもしれません。

子規の涙

ある試験に、正岡子規『仰臥漫録』を話題にした寺田寅彦の「備忘録」という文章から出題したことがありました。大学入試問題をアレンジしたものです。

　この病詩人を慰めるためにいろいろのものを贈って来ていた人々の心持ちの中にもさまざまな複雑な心理が読み取られる。頭の鋭い子規はそれに無感覚ではなかったろう。しかし子規は習慣の力でいろいろの人からいろいろのものをもらうのをあたかも当然の権利ででもあるかのようにきわめて事務的に記載している。この事務的散文的記事の紙背には涙がある。（小宮豊隆編『寺田寅彦随筆集　第二巻』岩波文庫、一九四七年）

設問の一つは、この「涙」に込められた気持ちを問うものでした。子規は毎日の食事の内容を詳細に記していますが、寺田はこれを、一回一回の食事こそが残り少ない彼の生を楽しませ充実させるものであったからだと理解しています。美味珍味の到来物は、どういう気持ちからのものでも感謝をもって受納されたはずです。他の贈り物も、床から起き上がれぬ子規にとっては食べ物と同様の意味を持っていたでしょう。しかし、答案には次のようなものが目立ちました。

事務的に記載することで平気を装うが、いろいろのものを贈ってくれた人々の自分への同情的な気持ちなどに気づいて免れがたい死を実感した、苦しく悲しい気持ち。

子規にとっての「食事」の意味を押さえておらず、観察者である寺田の「さまざまな複雑な心理」「事務的に」といった表現に引きずられてもいます。が、子規の内面に踏み込んだ、考えられた答えではあると思います。

答案でも授業でも「なるほど、そういうふうに読んだのか。ちょっと面白いな」と感心することが時々あります。国語という授業は、生徒のさまざまな読みが刺激になって素材の文章への理解を深められたり、何かを考えるヒントを得られたりするので面白いのです。

社会への眼

大学生や高校生は、社会のあるべき姿や正義というものを自由に語り、求めることができます。社会に出て組織の一員となれば、その内部において無条件に正義を語り合う機会はほとんどないでしょう。会社であれ、官公庁であれ、それぞれ具体的な目的のもとに集まり、目的実現のために活動することで日常が成り立っているからです。議論は、中長期の目標、当面の課題などに限定されることになります。その組織や部署の利益・論理に沿って思考し、論議することが求められるのです。

しかし、職場を離れればもちろん独立した個人です。社会のありようや正義というものについて自分自身で考える必要があります。さて、この時、自分で問題意識を持って考えたり、人と議論したりすることを当然のように行えるのでしょうか。折々の思いや怒りなどはともかく、長い時間の流れに社会の現状を照らし、吟味し、発言するということはなかなか難しいのではないでしょうか。

学校はそういうことを鍛える場でもあるのです。しかし、授業でも生徒会・自治会でも議論は低調で、学生・生徒も教員もそれを十分に自覚しているように見えません。これは反省を込めて言うのですが。

次の文章は、一九六九年に愛知県立瑞陵高校の生徒会誌に掲載されたものだそうです。

ある時ある所で（その人がいかに教科書どおりに暗記をしたかという）ある一能力を紙面上に表現させたものをもとにして、その人間を（選別し、差別して）教育しようというのだからおどろきます。……ところが現在の教育は、その非人間的なものがあたりまえのように存在しています。生徒と先生の間には授業以外はほとんど交流がとだえ、生徒同志も、表面的なつきあいに終るようなことがしばしばです。

こんな学校生活で、人格完成への努力などといったって、笑い話にしかなりません。現在では、〈平和かどうかあぶなっかしい社会の一部品として、真理と正義に対して目をつぶり、個人の価値なんておかしくって尊ぶどころでなく、自分が食べるためにだけ労働と責任を重んじ、あとは適当にごまかして生活をしてゆくような、また富める生活を目標とするだけの自主精神に充ちた、心身ともに不健康な国民に育成されてくる〉のです。

小熊英二著『１９６８』（新曜社、二〇〇九年）から抜粋して引用しました。一九六〇年代末の学生運動を詳細に検討した上下二冊で二千ページ超の大著です。小熊氏は、全国の大学に広がった闘争の文化的背景を、「発展途上国に育ったベビーブーム世代が、高度成長で先進国に激変した社会に感じた、激しいギャップと摩擦現象だった」と捉えました。民主主義的な教育を受けてきた若者が、勉強に励んで大学へ入ってみると、そこはエリートを養成する学問の府に遠いマスプロ教育の場です。そして、平凡なサラリーマンにしかなれない将来も見通されます。ベトナムで戦火に苦しむ人びとは、繁栄する先進国の犠牲の象徴とも見えます。こうした状況に閉塞感を抱き、苛立ちを募らせた結果の「反乱」だったと捉えたのです。

先の引用は、当時の高校生の気分を表しています。皆さんの状況はもちろん当時とは異なりますが、この社会は四〇年前の問題を全て解決したわけではありません。不況が続き、デフレの進行が指摘される中、社会には閉塞感がただよい、不安を増幅させるような言説が行き交っています。何かに一方的に拠るのでなく、こうした社会を冷静に見据え、思考を進め、組織や社会、そして個人のあり方を見出していこうとするたくましさが求められているのです。

環境に向き合う

これからの人間社会の課題として、生活と環境問題の関係をどうしていくかということがあります。これについて、竹村牧男著『入門　哲学としての仏教』（講談社現代新書、二〇〇九年）は次のような過程を考えています。

①科学・技術の進展による解決（省エネ・無公害技術などの開発。地球システム）
②社会システムの変換による解決（循環型社会への移行。社会システム）
③ライフスタイルの転換による解決（人間の欲望の抑止。行動レベル。人間システム）
④人間観・世界観の確立による解決（生きる目標の自覚。思想レベル。文化システム）

そして、これらの根底には、「そもそも人間とはいかなる存在なのか、自己とはいかなる存在なのかの明確な自覚」があるべきだと言います。竹村氏はこう続けます。

考えてみれば、我々の身体は、環境との循環・交流なしには存立しえないにちがいない。我々の生命は、けっしてひとり自己の身体のみによって維持されるわけではない。食物や水や空気を取り込み・排出して、はじめて生命は維持されるからである。とすれば、我々の一個の生命、我々の自己は、身体と環境が循環・交流する総体、あるいは身体を焦点に主体と環境が交流・交渉するその総体であると見るべきだということになる。そう見てこそ、はじめて生命が具体的にとらえられるというべきであろう。

環境問題への取り組みというと、私たちは「こまめに電気を消す」といった「省エネ」を考えます。これは意義あることではあります。現在の不況下では、環境問題は節約とセットになって社会規範化しているとも見えます。

しかし、私には一九七〇年代の二度にわたる石油危機が想起されます。第一次オイルショックは、七三年の中東戦争を契機にＯＰＥＣが原油価格の大幅引上げと生産調整を行ったことによるもので、わが国ではインフレが高じ、トイレットペーパーを求めて列を作るといった状況が現れました。政府は総需要抑制策を採り、経済成長はマイナスとなって高度成長は終わります。イラン革命（七九年）を原因とする第二次は、前回ほどではないものの深夜放送自粛やガソリンスタンド日曜祝日休業などの対策が講じられました。これらの経験を通して、資源枯渇への危機感が世界中に共有され、低公害で燃費の良い自動車が開発されもしました。

ところが、八〇年代になり、石油の供給が増えて値段が下がると、大排気量・大出力の車が町に溢れるようになったのです。景気が上向き、購買力が高まるにつれて、消費を謳歌する風潮が世を覆いました。わが国における株価や地価の上昇は異常なほどで、後に「バブル」と呼ばれました。

このバブル経済が崩壊した後、「失われた一〇年」とされる経済低迷期、そしてリーマンショックを経て、私たちは節約や質素を唱えるようになりました。だが、心の奥では、しばらく我慢すれば経済が上向いて「豊かな（思う存分消費できる）生活」がもどってくると考えていたのではないでしょうか。

しかし、その思惑は二〇一一年三月一一日に粉砕されました。大量消費を支える源泉はエネルギーとしての電力です。原子力発電は、火力に比べて遥かに高効率・低コストで電力を生み出す、消費社会最大のインフラとされてきました。しかし、この「ありがたい装置」は、実は制御不能な「プロメテウスの火*」であり、その放射能ゆえに人間の生存とは相容れないものであったということが明白になったのです。

経済という外的な条件によって環境への意識や生活態度が左右される状況を超克することが、今必要なのではないか。自己とは身体と環境が関わり合う総体であるとする竹村氏の指摘は新鮮で、説得力があります。『哲学としての仏教』は、この観点から唯識思想の説明に進みます。仏教思想はともかく、「環境と共に生きる」ということを地道に考えていくことが大切であると思います。

*プロメテウスはギリシャ神話の神。人類に火をもたらした。

希望

知立市の古書店を覗いて、入り口近くの棚にいくつかの詩集や歌集を見つけました。その中に、『大関松三郎詩集　山芋』（寒川道夫編著、講談社文庫、一九七九年）という本がありました。冒頭に「山芋」という詩が置かれています。

しんくしてほった土の底から
大きな山芋をほじくりだす
でてくる　でてくる
でっこい山芋
でこでこと太った指のあいだに
しっかりと　土をにぎって
どっしりと　重たい山芋
おお　こうやって　もってみると
どれもこれも　みんな百姓の手だ
土だらけで　まっくろけ
ふしくれだって　ひげもくじゃ

ぶきようでも　ちからのいっぱいこもった手
これは　まちがいない百姓の手だ
つぁつぁの手　そっくりの山芋だ
おれの手も　こんなになるのかなあ
＊つぁつぁ＝父おや

『山芋』は、昭和十年代、小学校を卒業する時、大関少年が一年間に書いた詩を集めた自作の詩集です。寒川《さがわ》道夫先生の指導によるものでした。彼は少し身体が不自由でしたが、新潟鉄道教習所に入って機関助手を務め、志願して山口県防府海軍通信学校で学びました。昭和一九年、マニラへ赴く途中雷撃されて戦死します。一九歳でした。寒川先生は、貧しい農村を変えようと奔走し、子どもたちの生活の中に生まれる詩や作文を大切にした人でしたが、しばらくして治安維持法違反の廉《かど》で投獄されます。戦後、「松三郎の、あの若く雄々しい魂をいたむ思いにせまられ、それとともに、民主主義教育の出発のために、もう一度、松三郎の詩にかたらせることは、けっしてむだではない」（「まえがき」）という気持ちから、散逸していた作品を集めて編集したのです。

この詩には、生活に根ざした「眼」があります。力強く的確な表現があります。大人への信頼と人生への希望があります。表面上ではあれ穏やかな社会に暮らす私たちは、どのような希望を語り、どのように生きているのだろう。大関少年に励まされ、力強く進みたいものです。

大連と旅順

中国東北部、かつての満州南部を三日ほどで回りました。大連は零下一一度、空港を出ると雪が降り始め、みるみる激しくなって積もりました。大雪は珍しいようです。人口五〇〇万超の大港湾都市は、元は旧ロシアが作り始め、日露戦争後、日本がそれを引き継ぎました。中山《ちゅうざん》広場から放射状に延びたアカシヤの通りは、パリがモデルだということです。中心に建つ旧ヤマトホテルは重厚な造りで、今は迎賓館になっています。当時ここに暮らした松原一枝さんは、「かつての植民地においてもっとも美しい都市だった」(『幻の大連』新潮新書、二〇〇八年)と書いています。

清岡卓行『アカシヤの大連』（一九六五年発表。一九六九年芥川賞受賞）に、次のような箇所があります。

ある種の青春は、いつかしら急激に、より強く、しかしまた同時に、より優しく生きようとしはじめて、そこに生じる自他の利害のどうしようもない矛盾に、何かのきっかけから異様に悩むものである。その悩みは、時として、生きるということ自体に、行動的にではなく夢想的に、べつなふうに言えば、日常生活的にではなくむしろほとんど形而上学的に傷つくところまで行きつく。

そのように、奇妙に抽象的である憂鬱。それは、大多数の年長者から見れば、生真面目ではあるが青臭いたわ言に過ぎないかもしれない。また、同年輩であっても、世間を渡る辛労を嘗《な》めている連中から見れば、それは甘ったれた頭脳の遊戯に過ぎないかもしれない。しかし、そうした心情の疼きに実際に落ち込んでしまった人間にとっては、それを全身でとにかくもしばらくは苦しみつづけることしかたぶん残っていないだろう。

（『筑摩現代文学大系　九五』）

一九四五年三月、二二歳の主人公は生まれ育った大連へ旅行します。これは、そのころの思いです。彼は憂悶の中で女性と出会いました。

それは、彼にとって、生れて何回目に経験する、大連のアカシヤの花ざかりの時節であっただろう。彼は、アカシヤの花が、彼の予感の世界においてずっと以前から象徴してきたものは、彼女という存在であったのだと思うようになっていた。（同書）

今回の旅では、雪景色の中にアカシア香る町を想像するのは困難でした。

＊

旅順は、旧ロシアと日本の命運を分けた軍港。入り口が狭く、奥に広い形状の不凍港です。ここを支配するための要が二〇三高地でした。中国では自家用車もバスも雪対策をしないので、雪道を歩いて登るしかありません。零下一五度、風が吹くと皮膚がヒリヒリします。明治三七年夏に始まった乃木希典大将麾下《きか》の第三軍による旅順攻撃は、東鶏冠《けいかん》山方面の第一回総攻撃以後、数万人の犠牲を払ってなお不調でした。ロシアの堡塁《ほうるい》は、兵舎も含め分厚いコンクリート造りで、塹壕も長大、機関銃の威力は絶大です。

司馬遼太郎の『坂の上の雲』（文春文庫、一九七八年）に、次のように書かれています。

二〇三高地の攻防のすさまじさにつき、ロシア側のコステンコという少将の文章を借りると、

「日本軍の攻城用の巨砲の猛威とその執拗な射撃は、憎悪という以外ない」

というほどであった。さらにコステンコは、日本軍の歩兵突撃のやりかたをつぎのような例でえがいている。

「日本の歩兵部隊は、縦隊でやってくる。それも整然たる駆け足でやってくる」

一つの縦隊は三百人程度であった。三つの縦隊が、キビスを接してやっとのぼってきたことがある。最初にやってきた第一縦隊は地雷原にひっかかり、火の柱が轟然と天へあがった。やがてその黒煙が去ったときは、地上には死骸だけがころがっていた。日本軍戦法の特徴は、一つの型をくりかえすことであった。つづいてやってきた第二縦隊もまた地雷で粉砕され、さらにやってきた第三縦隊も吹っ飛ばされている。その間、時間でいえば一時間足らずであった。（第五巻）

攻撃目標を二〇三高地に絞ってからも苦戦が続きましたが、一二月に占領が成りました。指揮を代わった児玉源太郎大将の命令で付近に集められた二八〇ｍｍ榴弾砲による攻撃が奏功したのです。占領後、二〇三高地から電話の指示によって、榴弾砲で旅順港を攻撃しました。入口を日本海軍が封鎖していたので、ロシア軍艦は港外に出られずに全滅したのです。東鶏冠山の堡塁もトンネルを掘って爆破し、名将コンドラチェンコは戦死します。主な堡塁の陥落が続き、旅順要塞はかなりの余力を残しながら降伏しました。

水師営《すいしえい》の会見場は、素朴な小さい建物でした。乃木将軍とロシアの守将ステッセルが対面した机と椅子は当時のままで、ここへ座って写真を撮りました。乃木は詩人でした。この戦いで詠んだ「爾霊山《にれいざん》」の詩には、戦いの過酷さ、将兵への敬意と鎮魂の気持ちが表れています。

二〇三高地

爾霊山嶮豈難攀
男子功名期克艱
鉄血覆山山形改
万人斉仰爾霊山

爾霊山嶮なれども　豈《あに》攀《よ》じ難からんや
男子功名　艱に克つを期す
鉄血山を覆うて　山形改まる
万人斉《ひと》しく仰ぐ　爾霊山
（訓読同書）

旅順を見た翌朝、列車で瀋陽に向かいました。零下二二度、太祖ヌルハチが開いた清の都です。

雪の日に――「清明上河図巻」を見る

週末、朝の新幹線で上京しました。東京国立博物館の「北京故宮博物院二〇〇選」展が主な目的です。雪やみぞれが降る中を四〇分並んで入館し、海外初出品という「清明上河《せいめいじょうか》図巻《ずかん》」を見るにあたっては二時間待ちました。

北宋が北方の金によって倒される直前、文化の精華が現出します。演出者は皇帝の徽宗《きそう》でした。彼は、書画や音楽、騎馬などを能くしました。会場に入ってすぐ目に付く「祥《しょう》龍石《りゅうせき》図巻」は、竜が座っているような形の太湖石*の画に、その来歴及び讃と思われる伸びやかな書が添えられています。図録『北京故宮博物院200選』は次のように評しています。

北宋の宮廷画院を指導し、自らも画の名手として知られた徽宗の「祥龍石図巻」はきわめて稀有な作品であり、書画ともに徽宗の風格を示すものである。

（「故宮博物院　名品への誘い」宮田淳）

同じく徽宗の「楷書閨中秋月詩帖《かいしょけいちゅうしゅうしゅうげつしじょう》」と題する書は、細くしなやかで強い線が印象的でした。一方、蘇軾門下という黄庭堅《こうていけん》の「草書諸上座帖巻《そうしょしょじょうざじょうかん》」は、躍動感のある自在な曲線が魅力的です。いずれも中国では「一級文物（国宝）」に指定されています。

この特別展は、北宋から明に至る皇帝のコレクションを集めたⅠ部、清朝の文物を紹介するⅡ部から成っています。Ⅱ部の「康熙帝南巡図巻《こうきていなんじゅんずかん》」は、康熙帝が江南への巡行の様子を描かせた長大（全一二巻中の第一一巻が、縦六七cm横一三m）な作品ですが、山川や人間が色鮮やかに描かれており、図巻はこれに極まるのではと感服しました。
しかし、別に設営された会場で最後に見ることができた「清明上河図巻」は、描写に格別の魅力がありました。くすんで少し暗い縦二五cm横五mの画面に、多くの庶民のさまざまな営みが、表情や仕草までも実に細かく生き生きと表現されているのです。作者は張択端《ちょうたくたん》という人ですが、事績や人物像はよく知られていません。図録は、この作品を「北京・故宮博物館の至宝中の至宝」（富田淳）と位置付け、次のように解説しています。

北宋の都、開封《かいほう》で生きる庶民の日常を描いたものとされ、士大夫、僧侶、物売りなどさまざまな職業の人物が描かれている。その数は七百七十三人ともいわれるが、表現があまりにも細かいために、正確な人数を把握するのは困難である。中国史上における宋時代は科挙による士大夫官僚が高い文化を生み出す一方で、庶民が豊かな都市生活を謳歌した時代でもあった。「清明上河図巻」には北宋後期の都市の喧噪と生きる喜びが画面全体からあふれ出し、絵画史上の傑作であるのみならず、宋代史、建築史、風俗史からも一級の史料とされている。（「作品解説」塚本麿充）

退館までに五時間を費やしましたが、美術関係の仕事をしている同行者のおかげでそれほど疲れを感じませんでした。古い知人である彼女とは、作品や展示の仕方への感想のほか仕事や世相、現在の暮らしぶりなどと話題が尽きなかったからです。談論は、界隈の居酒屋に持ち越されました。

＊太湖石　蘇州近くの太湖周辺に産出する石灰岩。穴がいくつもあり、さまざまな形をしていて、中国では庭園に欠かせないとされる。

危険な香り、日常の異化

おるがんをお弾きなさい　女のひとよ
あなたは黒い着物をきて

おるがんの前に坐りなさい
あなたの指はおるがんを這ふのです
かるく　やさしく　しめやかに　雪のふつてゐる音のやうに
おるがんをお弾きなさい　女のひとよ。

不思議な感じがするでしょう。オルガンの平仮名表記とオ音の連なり、これと対照的な五行目のカ・ヤ・サ・シ音が印象的です。これは、萩原朔太郎「黒い風琴」（『青猫』一九二三年）の冒頭です。三好達治選『萩原朔太郎詩集』からの引用で、詩人の安藤元雄氏の文章（『近代日本文学のすすめ』岩波文庫、一九九九年）に拠りました。安藤氏は、オ音の連続が「どこかくすんで柔らかい、それでいて深々とした響き」を呼び起こし、明るいカ・ヤ・サ・シ音が「甘美なメロディー」を紡ぎ出し、それは「しんしんと沈み込む冷たさと静けさ」に通じているとして、この詩に音楽を見出しました。

（音楽が鳴る場所は、＝筆者）それをいま読んでいる私たちの中である。いや、それはもはや音楽というよりも、一種のむずがゆいような感覚、ほとんど官能とでも呼びたくなる性質のものだ。白い女性の指─黒い服の袖口から出ているからこそいっそう白く見える細い指が、オルガンの鍵盤を「這ふ」。その視覚的、触覚的なイメージが、「おるがん」というひらがな表記や、「お弾きなさい」というやさしい命令形とともに、訴えかけるような、甘えるような情感を湧き上がらせる。(同書)

女性がオルガンを弾くのは、この作品が書かれた大正末でも日常的な──いくぶん「ハイカラ」という感じはあったかもしれませんが──ことであったと思います。しかし、この詩には、非日常的な雰囲気が漂っています。日常に潜む少し危険であやしい、そして美しいものを切り取っているのです。人は、こういうものに惹かれます。

現代の私たちは、この詩の柔らかな「官能」を味わうことに抵抗を感じません。しかし、大正時代にあっては、これは危険なことと思われたようです。体制秩序の維持強化を旨とし、変革を恐れる者にとっては、常識から逸脱した感じ方や表現は些細なものであっても許容しがたいのです。朔太郎の処女詩集『月に吠える』は、風俗紊乱の廉《かど》で摘発されています。

創作の核心には、常識を疑い、日常の中に非日常を見出す、言わば日常を異化していく姿勢があると思います。これは芸術家だけのものではないとも思います。

『ダブリン市民』の描写

『ダブリン市民』は、アイルランドの詩人・小説家のジェームス・ジョイス*が二十代に書いた作品です。一五の短編から成っていて、首都ダブリンに暮らす人々のさまざまな日常が描かれています。主人公は子どもから老人にわたっています。

「二人のいろごと師」（第六編）は遊び人の青年たちを描いています。その一人は、相棒を待って時間つぶしをしている飲食店でこう考えます。

……この十一月で自分も三十一になる。一人前の仕事につくときはないものだろうか？　自分の家をもつこともないのであろうか？　煖炉《だんろ》のそばに寄って、うまい晩餐《ばんさん》に向うことができるなら、どんなに楽しいだろう、と思うのだった。もう友だちや女たちと街を歩くのもたくさんだ。そういう友だちがどんなものか、ということもわかった。女たちだってそうだ。経験が彼の心を、世の中をひがんで見るようにした。しかしながら、希望がまったくなくなったわけでもない。腹に物を入れると、ずっと明るい気持ちになって、倦怠《けんたい》の感じや失った元気もやや回復してきた。ひょとして善良で素直な、小金をもった女にぶつかりさえすれば、どこかこぢんまりした場所に落ちついて、平和に暮していくことができるかもしれぬ、……（安藤一郎訳、新潮文庫、一九五三年）

彼は、刹那的な享楽に生きる日々に虚しさを感じています。そして、定職に就いて家庭を持ち、温かい夕食に向かう普通の暮らしにあこがれています。しかし、自身で現状を打開しようとはしません。考えはあいまいな期待にとどまったままです。彼は再び夜の街へと歩き出し、相棒を見出します。その男は首尾よく女から金を巻き上げたようでした。

「委員室のパーネル記念日」（第一二編）は、政党の「委員室」が舞台。頼まれた選挙応援を休んで時を費やす青年とその相手をする小使いの老人、そこに集まってきた数人の男たちのとりとめのない会話が続きます。酒も入ります。一人がパーネル*賛歌の詩を朗唱し、喝采を受けました。冒頭の描写が見事です。

ジャック爺《じい》さんは、ボール紙のきれはしで煖炉《だんろ》の燃えくずをかきたてて、それを白くなっている石炭の円い山の上に、注意ぶかくひろげた。その円い山がほぼおおわれると、彼の顔は暗がりにまぎれたが、もう一度火をあおぎにかかると、そのかがんだ影法師がむこうの壁に伸びて、顔はまた、おもむろに光の中に浮いてきた。非常に骨ばった、鬚《ひげ》の多い、老人の顔だった。うるんだ青い眼が火に向ってしばたたき、ぬれた口はときどき開いて、閉じるときには機械的に一、二度もぐもぐと動いた。燃えくずに火がつくと、彼はボール紙を壁に立てかけ、ホッとため息をついて言った――「今度はようごわしょう、オッコナーさん」

光と影が効果的に使われています。ジャック爺さんのやや緩慢とも思われる動きによって、少しずつ炎が大きくなります。すると、彼の相貌が、明るみと翳りの中に立ち上がってきます。レンブラントの自画像を彷彿させるように……。読者はその人柄をも、実直で小心、少し頑固などと想像してしまうのです。

各編は登場人物も場面も異なっているのですが、人々は、勤勉と倦怠、虚栄と嫉妬、安息と不安といった心の揺らぎの中に卑俗な姿をさらしています。それは、ジョイスの冷徹な眼によって映し出されたダブリンの姿でした。超然と読み始めた者は、いつしかその視線が自分たちに向いていることに気づくのです。

＊ジェームス・ジョイス（一八八二―一九四一）　二〇世紀を代表する作家という評価がある。『ユリシーズ』（一九二二年）、『若き芸術家の肖像』（一九一六年）、『フィネガンズ・ウェイク』（一九三九年）など。

＊チャールズ・スチュワート・パーネル　アイルランドの政治家。国民党党首。英国議会で活躍し、アイルランド自治法案成立に尽力した。

おわりに

二〇〇九年三月に、高校生に配ってきた文章をまとめ、『明日に向けて』と題して上梓しました。本書は、その大学生向けの続編と言えましょう。文学や言葉に関わる国語的な要素をいくぶん多くしました。

日頃接している学生は、一般にまじめで穏やかな気質を持ち、親御さんの経済的負担を軽減しようとアルバイトに励んでもいます。しかしまた、多くが自身をよく省みず、社会を自分の目で見極めようともしないままに、外から与えられる課題への適応に汲々としているように見えます。

私が高校を卒業した春、大阪で「万博」をやっていました。学生運動がいろいろな形で世相に反映していた頃です。大混雑の中にもそれなりに「世界」を感じ、幾分興奮して会場を回り、夜は飛び込みで少し汚い宿に泊まりました。大衆食堂の餃子が驚くほど大盛りでした。翌日、京都から山陰線に乗りました。鳥取あたりの海上に蜃気楼を見たような気がしました。出雲の方まで行ったと思いますが、どこで引き返したのか憶えていません。当時、不十分な勉強の末に思いがけない方向へ進むことが決まっていました。気持ちの混乱を鎮める旅だったとも言えるでしょう。解放された気分もありました。覚悟めいたものもできたと思います。

高校の理系クラスから教育学部国語科へ進んだのですが、授業が始まってみれば、文学や国語学の勉強は楽しく、刺激もありました。元来、読むことが好きだったのです。上古、中古、中世といった時代区分ごとに専門の先生がおられました。どの時代にも興味を持ちましたが、卒論は吉田義孝先生のもとで柿本人麻呂に取り組みました。彼の中に組織人から個人、儀礼歌人から叙情詩人への変遷を見ようとしたのです。学生運動は下火になったものの、権威・権力に抗する気分が残る世相の影響もあったでしょう。この時期に、自分の世界への対し方、ものの見方が醸成されたと思っています。

目の前の学生たちには、深く考え、深く悩み、そのはてに見出した針路に沿って渾身の努力をする、また、そのための知を貪欲に求める、そういう態度を持ってほしいと願っています。

真砂なす数なき星の其中に吾に向ひて光る星あり（正岡子規『竹の里歌』）

この歌を大岡信氏は、「写実的で深い情感のこもる」「少年の憧れがある」（『第八 折々の歌』岩波新書、一九九〇年）と評しています。「混迷する政治」「混迷する世の中」と言われて久しい今日、環境の変化に待つのではなく、独りですっくと立つ人間に各々が自らを仕立てていくほかはありません。多くの若者たちが、「吾に向ひて光る星」を感じてくれることを期待します。

本書の編集にあたり、風媒社の劉永昇氏には大変お世話になりました。記して感謝します。

二〇一二年九月一日

柴田 哲谷

【著者略歴】

柴田 哲谷（しばた・てつや）

1951 年、愛知県生まれ。愛知教育大学国語科卒業。放送大学大学院文化科学研究科修了。

愛知教育大学附属高校、愛知県立岡崎高校、愛知県立西尾高校で 38 年間国語を教え、クラスを担任。古典文法、森鷗外『舞姫』、柿本人麻呂、島尾敏雄などについて考察、授業研究を行う。

現在、愛知学泉大学家政学部講師。

（著書）『明日に向けて』（風媒社、2009 年）
　　　　『活用古典文法』（共編著、桐原書店、1991 年）

（論文）「森鷗外『舞姫』の文体」（『ことばの論文集』おうふう、2008 年）
　　　　「『権狐』という標題について－少年南吉の意図－」（愛知学泉大学・短期大学研究論集 第 46 号、2011）他

装幀◎夫馬デザイン事務所

国語のココロ　ことばと旅と文学と

2012 年 9 月 30 日　第 1 刷発行

（定価はカバーに表示してあります）

著　者　　柴田　哲谷

発行者　　山口　　章

発行所　名古屋市中区上前津 2-9-14　久野ビル
振替 00880-5-5616 電話 052-331-0008
http://www.fubaisha.com/
風媒社

乱丁本・落丁本はお取り替えいたします。　＊印刷・製本／モリモト印刷

ISBN978-4-8331-5248-8